종심

어쩌면 오늘도
허무를 잊기 위해
허무를 짓고 있는지 모른다

종심

좋은땅

저자의 말

사랑하는 우리 가족 우리 손자의 이야기다.

더러 좋아하지 않을지도 모르지만, 수필은 자신을 드러내는 장르이다. 부끄럽지만 한 번 더 용기를 내 본다. 어쩌면 상처받고 살아온 내 영혼의 반창고 같은 것이 수필일지도 모른다. 또다시 쓰게 될지는 모르지만, 열심히 살기 위해, 오늘을 견디기 위해 수필을 쓴다. 제1집 《그 섬에 사는 사람들》 출간 후 8년이 되었다. 그간 써 놓은 수필 34편을 모았다. 미비한 점은 많으나 꼭 활자화되고 싶은 작품도 있어 출판을 결심했다. 예술인복지재단에서 나에게 용기를 줬다.

어쩌면 오늘도 허무를 잊기 위해 허무를 짓고 있는지 모른다.

목차

2부

1부

그해 봄

그가 보였다. 월말이라 사람들로 빼곡한 은행 창구에 그 남자가 눈에 띄었다. 나는 못 본 척 애써 고개를 숙이고 전표와 씨름하는 척했다. 고개를 들자 내 앞에 그의 모습이 우뚝하게 서 있다. 유난히 푸르스름했던 턱밑의 수염을 깎지 않아 거무스름해졌다고 느끼는 순간 그의 눈동자와 나의 눈동자가 반짝하고 부딪쳤다. 내 앞에 서 있던 그 남자는 대뜸 돈이 필요하다고 말했다. 시내에 책이 필요해서 나왔는데 돈이 부족해 날 찾아왔다면서 약간의 현금을 빌려줄 것을 요구했다. 순간 나는 무슨 연유인지 “이자가 고율입니다. 그래도 쓰시겠습니까?” 말했다. 미소가 보일 듯한 표정의 남자는 yes도 아니요, no도 아닌 덤덤한 얼굴을 하고 서 있다.

은행을 거래하던 손님들은 단골들이 대부분이라 남다른 정이 들기도 했던 손님도 있다. 지금까지 안부를 묻고 지내는 가족이 있다. IMF 외환위기 때, 냉가슴을 앓았던 국민들의 마음을 달래 준 야구선수 박찬호의 어머니이다. 항상 새치름하게 입술 연지로 단장한 모습이 깔끔했다. 같은 친구 행원을 조카며느리로 삼기도 했다. 반면 과부에다 얼굴이 그악스럽게 생긴 아주머니도 있다. 금 팔찌와 주렁주렁 달린 보석으로 인상이 더욱 더 마귀 할머니 같은 손님도 있다. 계산을 잘못해 돈을 더 내준 나는 돌아간 뒤에 알아차려 전화를 했지만 창구에 와 부리부리한 눈으로 나를 호통치는데 잘못했다고 빌어야만 했다. 아무리 친절하게 손님을 모셨어도 그들이 불평을 하면 무조건 손님 편이었던 그때가 속이 터졌다. 갑과 을의 관계가 뚜렷했다. 속으로 울분을 삼키며 손님에게 웃는 얼굴로 대했던 그 시절이 그리울 때도 있으니 나 자신도 아리송하다.

봄이 쑥쑥 몸을 내밀기 시작하는 두어 달 전쯤 은행에 찾아온 그 남자는 낯설었다. 늘 보던 단골도 아니요, 그렇다고 이 작은 도시의 익숙한 모습도 아니었다. 도회적이라고 말하기는 그렇지만, 묵직하게 표정의 변화를 쉽게 노출시키는 그런 얼굴이 아니었다. 퇴직금을 찾으러 온 그는 상당한 액수는 다시 은행의 정기예금으로 가입했다. 정기예금 할 것을 친절히 설명하던 그때 나는 그의 눈동자가 큐피드의 화살이 되어 나를 향해 날아오고 있음을 느꼈다. 찰나였다.

노랑, 빨강 꽃이 피는 봄날의 환희처럼 내 마음은 아지랑이가 되어 달아올랐다. 그가 마곡사에 거처를 두고 살고 있음을 그리 오래되지 않아 알게 되었다. 책을 산다고 돈을 빌려 간 그가 전화를 걸어온 것은 유난히 바쁜 월말이었다. 수일 내에 시내 나갈 예정이었는데 사정이 여의치 않다며 자신의 전화번호를 알려 주었다. 필요한 사항이 생기면 연락 바랐다는 간단한 통화였다. 그때부터 걷잡을 수 없는 나만의 세계를 만들었다. 그와의 만남을 봄날 아지랑이 같은 성城을 만들며 나른한 시간을 보냈다. 나만의 공간 속에서 쉽게 부러지지 않을 큐피드의 화살에 불을 지피며 화려한 봄날을 만끽했다. 그를 만난 세상하고 그 이전 세상에 획을 그었다.

전화번호를 들고 그를 찾아 떠났다. 마곡사 가는 길은 비포장도로로 버스는 내 마음처럼 통통 튀기도 하며 구불구불거렸다. 가는 내내 꿈을 꾸듯 나에게 속삭였다. 그래, 맞아 이 봄날에 나를 찾아온 신사가 틀림없어. 마곡사에 있다면 공직생활을 하다가 어찌어찌 더 깊은 공부를 하기 위해 온 것이 틀림없었다. 내 지적 허영심을 채워 줄 그런 남자 같았다.

직장 동료와 마곡사에 도착했다. 전화를 걸자 웬 아주머니가 전화를 받았다. 의아했지만 절 안에 있는 슈퍼마켓이라는 것을 곧 알게 되었다. 그를 찾는다 하니 친절하게도 그는 암자에서 생활한다고 말해 주었다. 스님이 되려고? 요양하러 온 건 아니냐고 직장 동료는 내 마음을 살피고 살폈다. 마곡사는 푸르렀고 도량 안에는 봄 햇살에 붉어진 얼굴을 한 사람들로 가득했다. 계곡물만이 소녀들의 재잘거림처럼 흘렀다. 암자에 있던 그 남자가 내려왔다. 동료가 찾아가 내가 왔음을 알렸다. 애타게 기다렸지만, 징검다리를 나는 건너지 못했다. 22살의 봄은 사뭇 흔들려서 계곡을 건너지 못한 채 이쪽에 서서 먼발치로 그의 모습을 지켜보기만 했다면 누가 믿겠는가. 심장이 쿵쾅거리고 온몸이 감전된 것처럼 파들거려 그의 앞에 서지 못했다. 지금 생각해 봐도 어이없는 떨림이었다.

봄날이 그렇게 가고 또 여름이 가자 그가 나타났다. 산뜻한 가을날 그가 예금한 돈을 찾기 위해 왔다. 돈을 다 찾지 말고 예금으로 맡길 것을 권유했지만 거무스름한 그의 턱처럼 도통 표정이 없었다. 차 한잔 하자고 그가 말했을 때 그를 따라나섰다. 여섯 살이나 많은 그 남자에게 결혼은 했느냐고 물어볼 용기가 생겼다. 그의 눈동자도 검은 턱도 대답이 없었다. 여동생의 취업이 걱정된다며 은행 같은 곳은 어떻게 하면 입사할 수 있느냐고 물어 온다. 나 혼자 쌓은 푸른 성城이 허물어지는 느낌이 들었다. 붉게 달아올라 온 나를 향해 그가 감정이 없는 듯 무표정한 얼굴로 말했다. 고을 주州가 들어간 지방이 살기 편하다며 거처를 옮긴다며 말했다. 어디냐고 애써 묻지 않았다. 22살의 봄은 찬란했지만 나 혼자 성을 쌓았다 부수기를 했던 것 같다. 그해 봄은 그렇게 지나갔다.

Lee madame cafe의 여인들

그 후로 우린 김장을 둘이는 절대로 하지 않았다. 어떻게 된 것인지 Lee madame은 김치 담그는 선수가 됐다. 정말 맛나게 잘도 담근다. 나는 아직까지 그 솜씨에서 제자리걸음이니 솜씨는 내가 없는 것이 맞다. 요리 하나 할 줄 아는 것 없이 결혼을 했으니 몇십 년을 꾸려 온 살림솜씨가 어찌 보면 대견하기도 하다. 시어머니가 늘 김장을 해 주던 친구네였다. 그해는 무슨 사연이 있었는지 친구와 김장을 둘이서 담기로 야무진 작정을 했다. 아기를 하나씩 낳았던 신혼 시절이다. 실전도 없었으면서 김장김치 담기에 뛰어들기를 한 것이다. 손끝 매운 일꾼을 부르지 않고 나를 불러 준 친구가 고마웠다. 일 잘하는 친구보다, 옆에서 거들기만 해도 김장은 무사히 끝내리라 생각했을 것이다.

약속을 했으니 하다못해 마늘이라도 찧어 주든가, 파뿌리도 다듬어 주어야 될 것 같았다. 밤새 소금에 절인 배추는 샤워할 준비가 갖추어져 있었다. 딴에는 정성을 다해 제법 절임을 잘 한 것 같았다. 옹색한 베란다에서 배추 씻는 일도 만만치가 않았다. 절임배추는 잘 씻어서 물기가 빠지도록 기다리며 차곡차곡 소쿠리에다 담았다. 양념을 준비할 차례다. 모든 음식의 성공 여부는 간 맞추기가 아닌가. 김장김치 담그는 솜씨를 뽐낼 최고의 순간이다. 마늘은 전날 친구가 다 손질해서 찧어 놓았다. 파 다듬기, 무 다듬어서 씻기, 쪽파 다듬기, 손이 가는 것이 한두 가지가 아니었다. 그렇게 주물럭대다 보니 점심이 훨씬 지났고 몸도 고단해졌다. 대충 정리를 하고 점심을 준비했다. 친구는 큰맘 먹고 소불고기감 한 근도 사다 조물조물 양념을 했다. 냄비에서 불고기가 맛을 내며 익어 갔다. 그때는 한우니, 수입고기니 하는 시절이 아니었기 때문에 지금으로 치면 한우 불고기는 최고의 맛이었다. 김장을 해 주러 온 친구에 대한 극진한 대우였다. 밥도 해서 불고기와 먹으니 김장이 끝난 것도 아닌데 점심을 거하게 먹었다.

점심을 먹고 난 친구 '왈' "얘 배도 부르고 힘도 들고 하니 한숨 자고 나서 배추를 버무리자." 그러더니 요를 깔고 이불을 펴고 애를 끼고 잠을 자 버린다. 허리도 아프고 꾀가 날려는 참인데 나도 이때다 하고 내가 먼저 잠을 잤다. 얼마를 잤을까. 오후 서너 시가 된 것 같았다. 아차, 싶었지만 정신을 가다듬고 얼추 간을 맞춘 양념을 버무려 배춧속을 넣기 시작했다. 다섯 시가 넘었건만 몇 포기 안 되는 배추는 요지부동 줄어들 기미가 보이질 않는다. 마음만 바빴지 처음 담그는 김장이니 손이 어디 그리 빠를 수가 있나. 서로 민망스러워 얼굴을 마주치지 못하고 배추만 주물럭댔다. 야속한 해는 잠들어 가는 중이고 우리의 손은 더 더디게 움직였다. 시간만 축내고 있을 때 초인종이 울리고 옆집 사는 여자가 왔다. 새 아파트에 막 입주를 시작한 때라 아직 옆집하고는 친한 사이가 아니었을 때다. 눈도 동그랗고 아담한 체격에 야무지게 생긴 예쁜 사람이었다. 친구하고 아파트 문을 여닫는 걸 보고 김장을 담그는 눈치를 챈 것 같았다. 들어오면서 "어머나 김장을 담그시네요." 하더니 아무런 말없이 자기 집에 가서 고무장갑을 가지고 왔다. "진작 말하지 그랬어요." 그러더니 배춧속을 척척 넣어 가며 은근히 우리 기를 죽이듯 손이 빨랐다. 친구하고 나는 눈짓으로 구세주를 만났다 싶었다. 절임배추가 점점 줄어들며 김칫독에 김치가 차곡차곡 쌓여 갔다. 불과 한두 시간 사이 배춧속 넣기가 끝났다. 첫 대면이라 뭐라 별 얘기도 못 하고 그렇게 옆집 여자 덕분에 김장을 무사히 담갔다. 김장김치 담기가 끝났을 때는 해가 다 기울어진 캄캄한 밤이었다.

옆집 여자하고 우리하고는 동갑내기였다. 그 뒤로 급속도로 가까워져 친구가 되었다. 친구 집이 카페가 된 것이다. 친구 성을 붙여 Lee madame Coffee House가 되었다. 오가며 그 옆집 친구와 어울리게 됐다. 애들이 더 태어나고, 많은 세월을 동고동락하며 지냈다. 지금 생각해 보아도 우리는 대책없이 참 철없던 새댁들이지 싶다. 김장을 하다 말고 선잠도 아니고 요에 이불에 갖추고 잠을 잤으니……. 친구와 나는 김장철만 돌아오면 그날의 이야기를 마치 다른 사람 이야기처럼 주고받으며 배꼽을 잡고 웃는다. 야무지게 김장을 마무리해 준 옆집 여자*는 사귀어 보니 그리 우리보다 뛰어난 살림꾼은 아니었을지 모른다. 하나의 손길이라도 아쉬워서 그렇게 보였을지 모른다. 그 여자는 대전으로 이사를 가 만학도가 돼 미대에 진학했다. 자주 만나지는 못하지만 연락은 가끔 주고받는다. 풋풋하게 정도 많이 주고받고 살았던 그때가 몹시 그리울 때가 있다. 이제 봄이 되면 화가가 된 그 친구의 전시회에 가게 될는지 모르겠다.

* 작가 메모 : 옆집 여자는 지금 가수 '정인'의 어머니다.

하늘로 날아갔어……!

역곡역 북부에서 춘덕산 쪽으로 한 15분쯤 가면 안동네가 있다. 그린벨트 지역이라 도시라기보다 한적한 전원마을이다. 그곳에 작은 예수회집이 있다. 수사님을 비롯해 장애우 8명이 살고 있는 집이다. 성당 봉사 단체인 레지오팀이 격주로 그곳에 봉사를 간다. 밥과 반찬을 해 사회복지사와 식사를 같이 한다. 돈을 모아 음식재료를 사 가지고 가는 것도 아니니 말이 봉사지 내세울 일도 아니다. 몸도 마음도 병들어 있는 그들을 보며 한평생을 부자유하게 살아갈 수밖에 없는 저들을 위해 내가 할 수 있는 게 고작 이것뿐인가 하는 자괴감이 들 때도 있다. 더러 땀을 흘리고 오는 날은 그들을 위해 조금은 도움이 되었구나 하고 보람을 느낄 때도 있다. 그마저도 순전히 나를 위한 위안일 뿐이다.

작은 예수회 수도회에서 파견된 수사님 한 분이 장애우 7명을 책임져 맡고 있다. 눈에 장애가 있는 분인데 어설픈 외모에 비해 행동이 민첩하실 뿐 아니라 기타 치고 하모니카 부는 솜씨는 수준급이다. 수사님 외에는 대부분 발달장애와 지체장애, 다운증후군 등 장애 증상들이 심한 편이어서 다른 사람의 도움 없이는 생활이 불가능한 사람들이다.

작은 예수회 공동체는 수사님들과 수녀님들이 장애인 시설에 파견돼 각각 남, 여 장애인들을 관리 보호한다. 수사님은 신부는 아니지만 결혼을 하지 않고 수도 생활을 하는 분들을 말한다. 이 집이 생기게 된 동기는 1992년 장애인 자녀를 둔 열 사람들이 오백만 원씩 모아 쓰러져 가는 초가집 한 채를 구입했다. 부모들이 집에서 돌볼 수 없는 자녀들이 공동생활을 할 수 있게 시설을 마련하여 천주교 작은 예수회수도회에 기증을 한 것이다. 장애인 자식을 위해 부모들의 눈물로 마련한 집이 그만 벽에 부딪치게 되는 일이 생겼다. 이들을 위한 시설이 들어서기도 전에 장애인 시설이 들어선다는 것을 알고 땅 주인이 집을 못 짓게 억지를 부리고 훼방을 하였다. 또 하나의 상처를 마음에 새긴 아픔이었으리라.

처음에 지붕만 개량했던 이 집도 한때는 정리될 위기가 있었다. 보건복지부의 인가를 받아야만 공동체 시설도 운영이 가능한 것이어서 또 한 차례 홍역을 치러야만 했던 모양이다. 15년

넘게 장애인들이 살아온 정든 집을 정리해야 하는 일이 생겼던 것이다. 다행히 이들을 도우려는 여러 힘이 보태져 2008년 4월 지금의 이 집을 장만해 이사하게 되었다. 받아 주는 곳도 받아 주는 이도 없던 오갈 데 없던 그들의 새로운 보금자리를 마련하게 되었다. 운영은 주로 가족 부담이기도 하지만 시에서 약 20% 정도 보조를 한다. 천주교나 기독교에서의 도움도 있고 후원하시는 분들도 있다.

새집은 이 층으로 돼 있다. 아래층에는 장애인들이 기거하고 이 층은 수사님이 쓰고 있다. 지난여름 봉사 갔을 때였다. 점심을 준비하고 있는데 거실 쪽에서 급박한 소리가 났다. 거실 쪽에서 장애인 한 명이 옆에 앉아 있는 다른 장애인을 거세게 때리고 있었다. 수사님이 내려와 대충 수습을 하고 올라갔다. 가슴이 두근거리는 것을 진정하며 다시 밥을 지어야 했다. 잠시 평온해지는 것 같더니 그 장애인이 분노로 가득 찬 눈을 하고 온몸을 떨며 다시 주방 쪽으로 역습을 했다. 그릇이 깨지고 주방은 순식간에 난장판이 되고 말았다. 무엇에 화가 났을까. 혹여 신에게 묻고 싶은 것이 있었을까. 수사님이 전화를 하였는지 엄마가 금방 달려왔다. 내 또래쯤 되는 엄마는 아들을 붙잡고 왜 그랬어! 왜 그랬어! 애원을 한다. 달래며 나무라는 엄마의 목소리가 한 음계씩 내려가며 눈시울이 피눈물로 젖는다. 봉사를 간 우리들도 곱게 생긴 그 엄마를 보며 마음의 눈에서 눈물을 흘렸다. 그다음에 갔을 때도 그는 거기에 그대로 있었다. 가족 곁에 있지 못하고 돌아온 것이다. 동료들을 때리고 부엌의 집기들을 부수던 난폭함은 간데없고 초점 잃은 동공을 하고 온순한 양처럼 누워 있었다.

작은 예수회집 앞마당에 있는 노란 은행잎도 다 떨어져 앙상한 가지만 보일 무렵 봉사를 갔다. 사회복지사 아주머님이 머뭇머뭇 얘기한다. 양처럼 온순히 누워만 있던 그 젊은 장애우가 죽었다고 했다. 텔레비전을 잘못 만졌는지 텔레비전과 함께 넘어지면서 좀 다치기는 했었는데 이삼 일 앓고는 그냥 죽었다 했다. 바람에 날리는 마른 은행잎처럼 소리 없이 떠나갔구나. 채소를 다듬고 음식을 만들면서 마음에 작은 슬픔이 일었다. 밥을 지어 놓고 나오는데 나이가 든 아저씨가 마당에 떨어진 바싹 마른 낙엽을 긁어모으고 있다. 눈도 마주치지 않고 어눌한 말투로 “하, 늘, 로 날아갔어!” 하늘로만 시선을 두며 중얼거린다. 전병우(베드로)라는 것을 그가 세상을 떠난 후에야 알았다. 죽었다는 말 대신 “하늘로 날아갔어!” 하는 어눌한 목소리가 담을 넘지 못하고 원을 그으며 마당 안에 머문다.

하늘 눈

류 대리님의 이야기를 하려고 합니다. 은행이었지요. 직원들은 한 삼사십여 명 될까 했지요. 1970년대 중반의 은행의 총수신고도 3~40억 정도였으니 참으로 오순도순한 시절이었지요. 공주 지점엔 여직원들의 미모가 출중해 타 지점보다 고객님들한테서 사랑도 많이 받기도 했지요. 퇴근하는 길이면 곧장 집으로 가는 길이 서운했을까요. 또래의 직원들이 많아 남자직원, 여자직원들하고 저녁내기 탁구도 많이 치러 다녔지요. 그때는 야근하는 날이 잦았지요. 지점에 현금이 많으면 돈을 풀어 사용할 수 있는 돈과 폐기될 돈을 가려내 다시 헤아려 띠지로 묶어 한국은행에 재예치를 해야 했거든요. 돈을 가려내는 작업이 매일이다 싶으니 울며 겨자 먹기 식으로 야근을 해야 했어요. 야근에 꾀가 날쯤은 직속 상사인 류 대리님 몰래 도망치기도 했지요. 그러면 영락없이 '아무개 야근 안 하고 일찍 도망침' 수첩에다 메모를 했지만 크게 효력을 발휘한 적은 한 번도 없지요. 눈도 크고 악의 없는 순수 그 자체의 미스터 류, 류 대리님이었지요.

류 대리님은 지점의 금고를 담당하는 대리님이었기에 은행에서의 업무의 비중이 컸지요. 어느 날 짓궂은 다른 부서의 대리님 한 분이 류 대리님을 시험에 들게 한 사건이었어요. 심성 좋은 류 대리님이 걸려들기 딱 좋은 케이스였답니다. 지점장님이 외부에 나갔다 곧장 퇴근하려면 출납 담당 대리에게 전화하는 거야 당연한 일이죠. 그날 일이 잘 마무리되려면 출납을 통해 차, 대변 숫자가 맞아야 되고, 제일 중요한 금고의 돈도 일원까지 맞아야 되기 때문에 매우 중요한 업무이지요. 참, 그러고 생각해 보니 까마득한 옛이야기네요. 간혹 지나가는 장사치들이 은행직원들에게 물건을 팔려고 들어오기도 했었어요. 어떻게 해서든 물건을 팔기 위해 은행에 들어와 출납직원을 얕보는 장사치도 있었어요. 어림없는 수작이었지요. "당신 돈은 얼마나 되냐, 은행에 돈은 많지만 이 물건을 살 돈은 너는 가지고 있느냐." 하며 출납직원을 조롱하던 장사치들이었어요. 류 대리님 그때마다 유순하게 그들을 대했고 그들은 무안하게 뒷걸음질로 은행을 나갔지요.

그날이 그날이고 평온하게 이어지는 일상이었지요. 하루는

다른 부서의 대리님이 지점장님의 목소리를 흉내를 내고 구내 전화로 잘 마무리하고 퇴근하라고 했지요. 하늘 눈이 맑은 류 대리님 의심할 여지가 없이 잘 알겠다고 정중히 전화를 받으셨겠지요. 몇 번을 골탕 먹여도 얼굴만 시뻘건해질 뿐 그때, 그때 순종을 하셨지요. 지점장실로 무슨, 무슨 서류를 해 오라 해도 의심 한 번 안 하고 서류를 준비해 지점장실로 향했지요. 그렇게 골탕 먹은 류 대리님 뿔 날만도 하지요. 하지만 매번 웃음으로 넘겨 버린 일이었지요. 그런 류 대리님이 더 이상은 안 속아 넘어간다고 결심을 하셨는지 전화를 받은 류 대리님, 나 지점장이라고 몇 번을 이야기해도 "야 이놈아, 오늘은 안 속는다." 하면서 전화를 끊어 버렸지요. 사실은 지점장님이 전화를 하신 거거든요. 그리고 중요한 지시였는데 끝까지 우기면서 그만 까불라고 전화가 오면 끊어 버렸지요. 지점장님 화가 머리끝까지 나자 은행으로 달려오셔서 류 대리님을 불렀지요. 어떻게 됐냐고요? 류 대리님 얼굴이 뻘겋게 달아오른 상태로 지점장님 화가 풀릴 때까지 잘못했다고 싹싹 빌었답니다. 그 뒤로 전화로 류 대리님을 골탕 먹일 일은 하지 않았고 무탈하게 지내게 되었지요. 하늘 눈, 마음의 눈으로 늘 성실히 근무하며 동료들을 대하던 류 대리님. 종종 골탕 먹기도 하고 까칠한 여직원들한테 조금은 무시당하기도 했지만, 언제나 긍정적이고 유순해서 근무하기가 편했던 참 그리운 시절 이야기네요. 류 대리님, 류 대리님이 사 준 처음 먹어 본 그때의 소갈비 맛은 지금도 잊히지 않는 맛이랍니다. 마음의 눈이 맑아 손해 보는 일에도 늘 웃어넘기던 순진무구한 류 대리님, 시간이 감쪽같이 흐른 지금 새삼 인사 여쭙네요. 여전히 평안하시지요?

풀잎

세상에는 이름 없는 풀잎이 많다. 풀잎은 상처를 입어야만 향기를 낸다. 파란 별 지구에 소풍을 왔다가, 여러 사람에게 생명을 이어 준 젊은 뇌사자와 골수 기증을 해 준 사람들은, 제 몸 스스로 상처를 입고 향기를 내는 이름 없는 풀잎과 같다. 세상의 고귀한 것들을, 더 낮아질 곳이 없는 병원에서 여러 번 만났다. 두드리면 문이 열린다고 했던가. 문을 열어 준 이름 없는 손길들이 조카를 세상 밖으로 나올 수 있게 해 주었다. 하늘이 허락하지 않으면 걸어서 나올 수 없는 무균병실을 통과한 조카는 검정고시를 거쳐 대학교에 들어갔다. 간호사를 거쳐 공무원이 되었고 어엿한 숙녀가 되었다. 가끔은 지나간 고통이 되살아나 힘들기도 하겠지만 씩씩하게 견뎌 내는 조카에게 응원을 보낸다. 잘 참아 주고, 잘 견뎌 주어서 고맙다고. 마음의 십자가에 성호를 긋는다.

숨이 멎을 것 같은 고요함이 무반주 음으로 흐른다.

소독된 슬리퍼와 일회용 가운을 걸치고 들어서면 긴 복도가 있다. 긴 복도를 사이로 병실과 간호사실이 나누어져 있다. 도란도란 이야기를 나누는 사람들은 간호사라 하고 병원 마크가 찍힌 가운을 입은 사람들은 환자라고 한다. 벽을 향해 걸어가다 왼쪽으로 시선을 돌리면 안갯속에 갇힌 환자들의 모습이 현실이 아닌 것처럼 보인다. 머리카락은 항암치료라는 약 때문에 다 빠져 버리고 민둥산 같은 두상만 보인다. 백지장 같은 낯빛은 마치 신호등의 노란 신호가 빨간 신호로 바뀌기 일보 직전 같다는 생각이 든다. 환자와 보호자 사이조차도 투명한 비닐 커튼이 쳐져 있다. 비닐 커튼의 두께는 알 수 없다. 보호자 침상에는 성경책만 낯선 이방인처럼 놓여 있다.

상상을 초월한 간 수치의 이상으로 입원한 조카는 일주일 사이 호흡곤란을 호소했다. 얼굴은 노란 은행잎 같거나 귤색으로 변했다. 병명조차도 알 수 없는 상태로 서울대학병원으로 이송됐다. 간 이식을 해야 할 것 같다는 의사의 말에 번개가 치듯 응급수송차를 타고 옮겼다. 응급실은 환자들과 보호자로 만원이었다. 누렇게 뜬 조카의 얼굴에 모든 것은 무심했다. 무작정 바닥에 누워 담당교수를 기다려야 했다. 희귀병이란 놈이 슬며시 조카의 몸속으로 기어들어 왔다. 사람이 섭취하는 음식물

중에는 구리가 소량으로 들어 있는데 섭취한 구리가 제대로 배출을 못 하면 구리대사 장애로 인한 '윌슨병'이 생긴다. 열일곱 꽃띠인 조카가 건너야 할 강폭은 너무 넓었다.

병원에 '코디네이터'가 있다는 사실을 처음 알았다. 장기 이식이 필요한 사람과 장기 이식이 가능한 사람을 이어 주는 다리 역할을 하는 사람을 일컫는다. 간 이식을 제공하는 기증자와 연락이 닿기를 고대하며 몇 날 며칠을 숨죽이고 기다렸을까. 교통사고로 뇌사 판정을 받은 청년이 있다는 비보인지 낭보인지 분간할 수 없는 소식이 바람처럼 들려왔다. 그것은 살아 있는 사람들이 이겨 내야 하는 또 다른 아픔을 동반한 소식이었다. 지구라는 별에 소풍 왔던 여행자는 젊음도 다 채우지 못하고 소풍에 마침표를 찍었다. 이름도 나이도 알 수 없는 청년은 생의 마지막 순간을 잡고 있는 환자들에게 생명의 끈을 이어 주고 이승의 끈을 놓아 버렸다. 이 모든 일들이 순간에 일어났다. 뇌사자의 간을 일부 공여 받아 간 이식 수술을 마친 조카는 무균실로 옮겼다. 그때부터 새로운 생명을 향한 외로운 사투가 시작됐다.

외부와 차단된 무균병실은 자욱한 안개로 숨조차 크게 쉴 수 없는 시각적으로도 폐쇄된, 공간이다. 어쩌면 '내일'이라는 선물을 받지 못할 수도 있는 환자들이 대부분인 곳이다. 사투를 벌이던 조카는 간 이식으로 끝나지 않았다. 조혈모세포 이식이라는 수술을 받아야만 하는 재생불량성 빈혈이, 안개 성에 다시 가두었다. 그것도 장기 기증자가 있어야 가능했다. 재생불량성 빈혈의 원인은, 생성된 항체가 자신의 줄기세포를 공격해서 파괴해 버리기 때문이라고 한다. 간 이식 후 면역억제제를 먹어야 했던 부작용일까. 그렇게 조카는 무균병실에서 기약 없이 장기 기증자라는 천사를 기다려야 했다.

신은 인간에게 견딜 수 있을 만큼의 고통을 주신다고 했던가. 고통도 감사히 받으라 했던가. 우리 가족이 할 수 있는 것은 없었다. 주술을 외우듯 몽환 상태로 모든 신에게 엎드려야 했다. 말초신경까지 곤두세우는 시간이 얼마나 흘렀을까. 칠흑 같은 밤에 등불을 들고 나타난 천사 같은 기증자와 연락이 닿았다. 어린 조카는 간 이식에 조혈모세포 이식을 받고 앞이 보이지 않는 안개 성을 탈출했다. 낭보가 비보가 된 적이 있다. 장기 기증을 약속했던 사람이 연락이 끊겼다는 청천벽력 같은 소식이 들렸다. 수술하기 며칠 전에 기증자의 선택이 바뀌었다. 기증자의 마음도 복잡했으리라. 장기 기증자의 마음도 한순간 흔들렸을 것이다. 어느 누가 세포 이식을 해 주기 위해 병원 침대에 눕고 싶었을까. 선한 마음을 흔들리게 했을 수도 있다고, 백 번 이해한다고 고개를 끄떡여야 했다.

가족들은 안개 같은 시야를 밝혀 줄 기증자를 숨 막히듯 기다려야 했다. 코디네이터를 찾아가 문의를 해도 역시 기다려야 한다는 답변을 들어야 했다. 두 번째 기증자와 연락이 돼 부랴부랴 조혈모세포 이식수술을 받았다. 안개는 쉽사리 걷히지 않고 여러 번 조카를 넘어지게 했다. 그러나 조카는 일어섰다. 장기 기증자, 스스로 상처를 입어 향기를 내는 이름 없는 풀잎과 같은 선한 영향력으로 조카에게 살아갈 수 있는 터를 내준 것이다.

커피 칸타타

요즈음은 카페는 어디 가든지 있다. 하다못해 일부러 산 중턱에 만들어 놓은 근사한 커피숍도 있다. 차car가 있어야만 이용할 수 있는 카페도 있다. 외진 곳을 가더라도 커피숍은 자리하고 있다. 커피숍도 주인들의 각자 취향대로 인테리어를 해 눈이 호강이다. 카페의 이름처럼 늘 커피숍은 커피를 마시는 사람들의 궁전이다. 카페인에 허물어지는 나는 커피를 마시지 못하는 사람을 만나면 동지를 만난 느낌이다. 싸움터에서 살아남은 동지라고 표현하면 과할까. 커피를 마시지 못하는 나는 시류에 뒤떨어진 얼간이 같다.

여고 일 년, 커피 한잔 마시고 오느라고 좀 늦었다고 말하는 친구가 부러웠다. 자취생활로 고된 날들을 지내야 했던 나는 커피는 고급음료로만 기억되었다. 나와는 다른 세상에 사는구나 생각했다. 그때 커피라는 말이 여태까지 기억에 남아 있는 걸 보니 50여 년 전 커피는 익숙한 음료가 아니었지 싶다. 커피가 일상인 시절이 되었건만 카페인에 예민한 나는 마음껏 커피를 마실 수는 없었다. 직장생활로 이어진 20대 중반쯤 맞선자리에 나갔을 때이다. 상대방이 맘에 든 것도 아닌데, 커피를 마신 나는 제대로 말도 못 하고 예민해졌다. 갑작스레 심장이 나대기를 했고 뜻대로 행동이 되지 않았다. 맞선에 나갔던 나는 보기 좋게 아웃되었다. 그날 밤, 잠을 못 자고 밤을 꼬박 새웠다. 커피 때문이었을까? 맞선자리에서 보기 좋게 퇴짜 맞은 탓일까 아리송했다.

커피 향이 유혹한다. 허나 향으로만 즐길 뿐, 마시게 되면 고역을 치러야 하는 나의 처지는 안타깝기만 하다. 요즘은 커피로 시작해 커피로 하루를 마감하는 시절인가 싶다. 커피 그까짓 것 하고 마셨다가는 큰코다친다. 시절을 따라 잡지 못하는 나는 커피 향에 시달리고 있다. 카페는 늘 성시다. 커피하우스도 많다. 커피를 즐기는 사람들이 많을수록 외톨이가 된 듯하다. 커피로 통하고 커피로 이야기하고 커피로 의를 다지는 커피 세상이다.

나를 괴롭히는(지극히 주관적인) 커피를 다음 백과를 인용해 살펴보니 꼭두서니과에 속하는 나무의 열매, 씨를 가공해서 커피로 사용한다. 영어로는 coffee tree라고 부른다. 카페인이 든 커피는 무 카페인 커피를 마셨을 경우에는 얻을 수 없는, 기억력을 잃어버리게 하는 알츠하이머 질환을 예방하는 효과가 있다고 강조한다. 염려되는 치매 예방에도 좋다는 말에 신경이 쓰인다.

커피는 악마와 같이 검고, 지옥과 같이 뜨겁고, 천사와 같이 순수하고 키스처럼 달콤하다. 아주 오래전에도 커피에 대한 설이 있었나 보다. 커피를 마신 자와 그냥 물을 마신 사람 중 커피를 마신 사람이 더 오래 살았다는 설도 있다. 바흐가 작곡한 〈커피 칸타타〉가 있다. 가사는 커피를 못 마시게 하는 아버지와 커피를 마시겠다는 딸의 대화다. 아버지는 딸이 커피를 끊어야 시집을 보내 주겠다고 하고, 딸은 아버지 몰래 구혼자가 커피를 마셔도 된다고 약속을 해야 청혼을 받아들이겠다는 내용으로 원 제목은 〈가만히 입 다물고 말하지 말아요〉이지만 〈커피 칸타타〉로 알려지고 있다. 17세기는 여자가 커피를 마시면 피부가 검어진다고 못 마시게 했다. 키스처럼 달콤하다는 커피의 맛. 커피 못 마시는 나는 답답할 때가 많다. 생수로, 쌍화탕차로 대신하는 나를 보고 오래 살고 싶어 그런다고 말하는 이가 있다. 벙어리 냉가슴이다.

특히 요즘은 카페인에 예민한 사람들은 소외감이 들 수밖에 없다. 홍차도, 녹차도 못 마신다. 집에는 커피 대신 사과즙, 주스를 준비한다. 그런 나를 보고 친구는 어떻게 커피 한잔 대접할 줄을 모르냐고 타박을 줄 때가 있다. 냉수가 좋다. 자판기에서 커피를 꺼내 먹듯, 정수기에서 물을 따라 먹는 게 편하다.

커피를 멀리해야 하는, 마시지 못하는 나는 고역이고 눈치도 봐야 한다. 친구들끼리는 커피 한잔과 함께 우정이 돈독해질 것이고, 직장인들은 동료애도 쌓을 것이다. 남자들이 저녁 모임에 소주 한잔, 막걸리 한잔 없이 대화하는 건조한 장면과 오버랩이 되며 슬며시 나를 탓한다. 커피는 대한민국의 남녀노소에게 없어서는 안 될, 대화의 창구이고, 소비에서도 일등 기호식품이다. 뇌 속의 어떤 비밀 호르몬이 카페인에 예민하게 만들었는지 모르지만, 나도 커피 잔 속에 마음을 진하게 녹여 넣고 수다를 떨고 싶은 날이다. 키스처럼 달콤한 커피 한 잔에 인생 이야기를 버무리고 싶다.

초대

우리 속담에 '개똥밭에 굴러도 이승이 좋다'라는 말이 있다. 모든 사람에게 공평한 죽음은 그 그늘에서 벗어나고 싶다는 염원을 담고 있지는 않은지…….

엄마의 영정사진 모습은 가지런히 빗어 올린 머리에 한복을 입고 있다. 비녀를 꽂고 있는 모습이 외로워 보였다. 호랑이띠 엄마, 백기라는 이름 때문일까? 엄마는 가혹한 추위에 홑옷을 걸친 혹한의 세월을 사셨다. 돌아가신 후 불효를 탓했지만 그게 무슨 소용이 있을까. 큰이모가 우리를 마지막으로 초대한 장례식장에 갔을 때이다. 망자의 이름이 애기라고 떴다. 왜 그랬을까. 애기라는 이름이 백기라는 이름과 겹치며 묘한 슬픔이 밀려왔다. 지금도 풀지 못한 암호가 이름에 있을 것 같다는 생각이 든다.

이름에는 애초부터 그 사람의 인생이 있는 걸까. 암호가 있는 것은 아닐까. 큰이모의 장례식에서 망자의 이름을 보는 순간 무엇인지 모를 커다란 뭉치가 나의 마음을 툭 하고 쳤다. 큰이모의 삶을 흉내라도 냈더라면 엄마를 보내던 그날 나를 향한 어두운 그림자에 휩쓸리지는 않았을지도 모른다는 미욱한 생각을 해 본다. 그것은 아무도 알 수 없는 수수께끼 같은 것이다.

엄마는 없는 살림에 장손의 며느리로서 무엇 하나 쉬운 게 없었다. 아버지는 엄마에게 살갑지 못했다. 그 시절 부부의 관계가 남을 대하듯 퉁명스러웠다 치더라도 아버지는 어머니에게 쉬운 존재감은 아니었다. 같은 자매이지만, 상반된 삶을 산 큰이모와 엄마의 삶이 부조리에 가깝다고 성깔 곱지 못한 아이는 늘 생각했다. 일하는 사람들을 거느리고 사는 것은 둘째치고, 지극한 이모부의 다정함은 몹시 부러웠다. 지난한 삶을 사는 둘째인 엄마에게는 물건 치우듯 치웠던 혼사는 아니었을까. 외조모님에게 쓸데없이 격앙된 생각이 들었다. 뵙지도 못한 외조모님을 철없이 원망도 했다.

가톨릭에서 신자가 선종을 하면 장례 절차를 도와주는 '연령회'라는 단체가 있다. 입관예절, 장례미사절차, 연도煉禱* 등 고인을 모시는 회원들이 경건하고 따뜻하게 고인의 마지막을

유족들과 함께하는, 장지까지 따라가는 봉사 단체이다. 어느 날 미사시간에 신부님의 방송이 있었다. 어르신들을 위한 장수사진 찍는 것을 무료로 찍어 준다는 안내방송이었다. 연령회 주관으로 곱게 화장까지 해 준다고 하였지만 귓등으로 들었다.

그날도 11시 미사에 참석하기 위해 남편하고 성당에 갔다. 성전으로 들어가기 전 로비에서 장수사진을 연령 제한 없이 찍어 준다는 안내자가 있었다. 주저주저하는 나와 남편을 앉혀 놓고 곱게 화장도 해 주고 장수사진을 찍으라 한다. 젊을 때는 사진 찍는 것을 좋아했지만, 세월을 비켜 갈 수 없는 얼굴은 도통 마음에 들지 않는다. 못마땅했지만 엉겁결에 장수사진 찍는 대열에 합류했다. 장수사진은 영정사진 아닌가. 내가 죽었다는 사실을 지인들에게 보여 주는 얼굴인 만큼 되도록 자연스럽고 곱게 나오길 바랐다. 바람과 달리, 심각한 표정의 얼굴 뒤로 6월의 초록 잎사귀가 하늘거렸다.

그렇게 심각하지도, 그렇게 즐겁지도 않은 마음은 무덤덤했다. 사진을 찍지 못한 사람들은 우리의 사진을 보고 못내 아쉬워했다. 언젠가는 나를 위한 위령기도가 바쳐질 때 그때 빛을 보리라 집에 잘 보관하고 있다. 죽음이 두려워 기도를 많이 하고 죽음에 대한, 책도 구매해 읽어 보지만, 그것은 피할 수 없는 명확한 사실이다. 죽음에서 자유로운 사람은 없다. 부자든 가난뱅이든 죽음은 공평하다. 허락한 시간만 다를 뿐이다. 무섭게 흘러 버린 시간만 탓할 뿐이다.

사진을 보며 나를 아는 사람들을 하나씩 호명해 본다. 언젠가 내 마지막 자리에 있을 만한 사람들, 기꺼이 그들을 초대한다. 몇 년 전에 보건소에 사전연명 의료의향서도 등록해 놓았다. 하나, 둘 죽음을 준비하는 마음이 그다지 슬프지 않은 이유는 무얼까. 삶이 유한함에도 젊은 날 한 가지라도 더 소유하고 싶어 안달하던 욕심을 조금은 내려놓는다. 이젠 한 가지 욕심이라면 편안하고 품위 있는 죽음을 맞고 싶은 것에 한 수 걸어 본다. 아무도 알 수 없는 그날이 손자가 크는 거 오래 볼 수 있게 되도록 천천히 왔으면 좋겠다. 죽음이 고통스럽지 않게 얌전하게 와 달라고 정중히 초대한다.

* 연도 : 위령기도慰靈祈禱

찔레꽃

찔레꽃 향기는 슬프다는 가요의 가사처럼 찔레꽃은 정말 슬픔일까. 순박하게 흰빛으로 피는 찔레꽃은 어머니와 산 밑에 있는 밭에 가는 길에 수북이 피어 있었다. 찔레꽃 나뭇가지가 돋아나는 봄에는 물오른 찔레꽃 가지를 꺾어 먹던 애잔한 어린 시절이 떠오른다. 가시가 아직 성글지 않은 때였다. 봄의 향기가 오롯이 피어나던 시골길을 걷듯 공원의 길을 걷는다.

30여 년을 한 아파트에 버티고 산다고 딸은 투정을 한다. 집도 옮겨 다녀야 재산도 늘어나는 것은 물론이고, 새로 지은 아파트에 살면 깨끗하고 좀 좋으냐고 답답함을 지적한다. 신축 아파트에 입주한 딸아이 아파트의 산뜻함, 수납장의 다양한 쓰임새의 차림에 딴엔 부럽기도 하다. 신도시 아파트 붙박이 신세가 된 것을 무능함으로 탓하는 딸아이의 책망도 그리 틀린 말은 아니지 싶다. 하지만 이 아파트도 어느 때는 신축 아니었던가. 처음 신도시 아파트에 당첨되고, 입주했을 때 그 마음을 어찌 딸아이가 헤아릴 수 있으랴.

신도시 아파트 입주와 함께 탄생한 것이 중앙공원이다. 아파트 길 하나 건너 공원이 있다. 핑계처럼 들릴지 모르니 붙박이 입주자가 사는 이유가 공원이 있기 때문이기도 하다. 화중지화라는 모란이 피는 5~6월은 초여름의 햇살마저 관능적이다. 여름이 짙어 가면 공원의 백미라고 할 수 있는 능소화도 흐드러지게 핀다. 능소화가 피어 터널이 되면 사진작가들의 발걸음이 일벌들의 움직임처럼 바빠진다. 십일홍이라는 꽃의 순간을 포착하기 위해 카메라의 셔터가 찰칵찰칵 순간을 담는다. 비 오는 여름은 요란하다. 가차 없이 퍼붓는 소나기로 인해 동백처럼 후드득 떨어지는 능소화의 몸짓이 처연하다.

공원의 한 귀퉁이는 지금 사랑의 숲 가꾸기에 한창이다. 지난가을 시작한 공원 숲길엔 새로 조성하는 공사가 현재도 진행 중이다. 봄이 오기 전 1월에 끝난다는 약속이 4월이나 가야 끝난다는 번복한 플래카드가 보인다. 봄이 되기도 전 가지에 달려 있는 꽃망울이 바깥세상을 향해 있다. 생명 순환의 섭리가 고스란히 느껴지는 봄은 환희다. 매화로 시작해 살구꽃의 향기는 가히 좋다. 매화꽃 향기에 취하기라도 하면 발걸음은 더던 발걸음이 된다. 숲길 가꾸기에 들어간 공원의 귀퉁이에는 찔레나무도 있고 벚나무도 있다. 키가 큰 벚나무는 걱정이 안 된다. 허나 없는 듯 있는 얌전한 자태의 찔레꽃 나무가 궁금하다. 꽃이 피어 제 몸의 향기를 뽐내어도 바삐 걷는 사람에게는 지나칠 경우도 있다. 찔레꽃 나무는 아무 탈은 없는 것이겠지. 스스로 위안을 했다. 찔레꽃 나무가 있던 자리, 공사 중인 곳을 기웃기웃해 봐도 펜스로 인해 속을 알 수가 없다.

겨울 추위가 누그러졌다. 날씨마저도 영상이다. 펜스가 조금 더 공원 안쪽으로 옮겨졌다. 궁금하던 찔레꽃 나무의 행방을 찾아보았다. 찔레꽃이 피었던 자리는 무덤을 파헤치듯 조그마한 웅덩이가 생겼고 흙이 흩어져 있다. 화중지화 모란도 능소화도 늘 마음속에 자리한 찔레꽃만은 못했다. 노심초사하던 내 마음을 확인시키듯 찔레꽃 나무가 간곳없었다. 그 자리에 다시 만나길 원했건만 공원을 파헤치고 새 숲길을 조성하는 시청이 야속했다. 전화를 걸고 싶었다. 찔레꽃 나무를 어찌했느냐고 따지고 싶었다. 찔레꽃 피는 봄이면 꽃향기로 그리운 어머니 생각에 눈시울 붉어져 베갯잇 적시던 밤이 있었다. 찔레꽃 나무의 자취는 아무 곳에도 없었다. 멀쩡한 꽃나무를 파헤쳐 버린 것이 야속하다. 곧추세웠던 다리 힘이 빠졌다. 마음은 느긋

하지 않고 파헤쳐 버린 공원을 바라보며 행정을 탓한다. 유년의 추억과 어머니 생각으로 어린 시절을 떠올리던 기억이 사라진 것 같아 공원을 휘돌아 나오는 마음이 허전했다. 아무래도 찔레꽃 없는 공원의 봄이 마음 쉴 곳 없을 것 같다.

주왕산, 주산지에 깃들다

산은 가을로 붐빈다. 산을 찾는 이들의 발길로도 붐빈다. 가을 산은 아름다운 단풍으로 많은 사람들을 부른다.

결혼하고 처음 맞은 휴가 여행이었다. 소금강에서 하루 유숙하고 강릉에서 포항까지 동해안 일주를 한 적이 있다. 강릉 시외버스터미널에서 시작된 포항까지의 여행은 산을 에돌아 버스가 꺾일 때마다 동해의 검푸른 민낯의 바다가 어김없이 나타나곤 하였다. 터덜대는 버스는 포말 같은 먼지를 꽁무니에 달고 여름 햇빛에 달구어진 비포장도로를 느릿느릿 기어가듯 달렸다. 통통거리며 달리던 버스에는 빼어난 몸매의 산을 찾아 혼자 여행을 다닌다는 대학생이 있었다. 그 학생은 머리 위로 키를 키운 배낭을 어깨에 둘러메고 경북 어디쯤에서 내렸다. 주왕산을 간다는 말과 함께 언제고 한 번쯤은 꼭 가 보시라는 친절한 권유를 잊지 않고 있었던 탓일까. 주왕산과 주산지는 막연한 의식 속에서 언젠가는 꼭 가 보아야 할 숙제 같은 것이었다. 그때 동해 바다의 숨김없이 보여 주던 절경을 생각하며, 주왕산의 가을 풍경에 젖어 보려 한다.

빗방울이 차창을 때리는 새벽녘에 출발한 우리는 날이 밝아 오기 시작하자 비가 갠 하늘을 선물로 받았다. 안동을 지나 청송이 가까워지자 어디를 둘러보아도 사과밭만 보였다. 에덴의 동산에서 아담과 하와가 열매를 따 먹고 눈이 밝아져 하느님에게 쫓겨나고 말았다는 사과가 농익어 지천이었다. 붉게 익은 사과를 보자 따 먹어서는 안 된다고 하신 하느님의 말씀은 아담과 하와에게는 가혹한 말씀 같았다. 뱀의 능수능란한 꼬드김이 없었더라도 하와는 사과나무의 열매를 따 먹지 않았을까 하는 생각이 들었다.

줄진 사과밭을 지나자 괴암 괴석으로 휘두른 주왕산은 산을 찾는 이들을 압도했다. 등산 코스 안내지도를 보자 칼등고개, 후리메기 삼거리라는 이름들이 마음을 만지작거렸다. 등산 계획은 제1코스, 제2코스로 갈라져 있다. 주왕산 정상에 오르는 것이 제1코스였고, 제2코스는 주왕산 초입인 대전사를 출발해 제3폭포를 갔다가 되돌아오는 길이었다. 제1코스를 따라 계단을 오르자 다리를 잡고 놓아 주질 않는 느낌이 들었다. 일행들은 저만치 앞서가는데 뒤 꼭지에 매달린 격으로 헉헉대야 하는 나는 올라가던 길을 포기해야 했다. 다시 내려와 초입인 대전사 쪽으로 향했다. 대전사에서 길이 두 갈래로 갈라졌다. 망월대(전망대)로 진입하는 길과 주방계곡을 따라 올라가는 길이었다. 망월대를 향해 긴 호흡을 하며 걸어 올라갔다. 마음도, 몸도 한결 편해지는 걸 느끼며 가을 산을 오르기 시작했다.

가을 숲길이 열리며 주왕산과 같이 숨 쉬고 사는 나무들이 길을 안내한다. 혼자라서 편하고 여유로운 마음으로 산을 둘러보니, 단풍나무와 참나무들이 줄지어 있다. 참나무 종류인 상수리나무, 신갈나무, 떡갈나무, 갈참나무, 굴참나무, 졸참나무들이 단풍 진 능선에서 주왕산을 안내한다. 망월대(전망대)에서 내려다보니 주방계곡 사이로 또 다른 단풍인 등산객들이 개미가 줄지어 다니듯 계곡을 올라가고 있다. 병풍바위도 장엄한 몸을 드러내고 휘둘러 있다. 망월대에서 내려와 다시 길을 들어서니 보디빌딩 선수의 근육 같은 서어나무가 있고, 나목의 왕 팽나무가 산등성이에 우뚝 서 주왕산의 가족을 이루고 있다.

자연을 공부하듯 여유를 부리며 숲길을 걸었다. 망월대를 지나 숲길을 빠져나오니 개미같이 올라가던 등산객들과 만나는 길이 나왔다. 양쪽으로 서 있는 바위산들이 좁은 간격을 두고 치올라 있어 동굴 속으로 들어가듯 좁은 길로 안내를 한다. 제2폭포에서 올려다본 주왕산은 가을을 앓고 난 참나무 종류와 솔나무가 보였다. 골바람을 타고 올라오는 단풍나무의 향기를 맡으며 주방계곡을 내려왔다. 단풍나무 중에서 키가 가장 큰 고로쇠나무를 보았고 천연기념물인 망개나무도 만났다. 느릅나무도 주왕산의 일가가 되어 있다.

가을 산은 일찍 일몰이 되는지 오후 네 시쯤인데, 해거름이 되었다. 아담한 저수지인 주산지는 150년이나 묵은 왕 버들나무가 30여 그루가 자생하고 있다. 단풍잎 몇 개를 달고 하반신을 주산지에 담근 채 꼿꼿이 서 있는 모습이 고사목 같아 보이기도 했다. 주산지로 늦가을이 잠겼다. 청송의 주왕산과, 주산지를 여행하면서 사계절 어느 하나 빼놓지 않고 와 보고 싶은 곳이 되었다. 주산지는 가을을 품고 점점 어둠 속으로 빠져들며 어서 내려가라 재촉했다. 하루로 여행하기는 힘든 곳을 따라나선 것은 주왕산, 주산지에 대한 오랫동안 마음속에 키워 온 외사랑 탓일 게다. 갈증을 다 채우지 못하고 늦은 귀가를 재촉하는 버스에 몸을 실었다.

앉은뱅이 재봉틀

어머니 돌아가시고 유품을 정리하던 날, 어머니가 신체 일부인 듯 아끼며 사용하던 재봉틀을 차에 실었다. 무슨 마음이었을까. 한 여인의 고달픈 삶이 어룽져 있는 것이라 생각이 들어서였을까. 아니면 어머니의 체취가 남아 있는 것에 끈을 놓아 버리고 싶지 않은 마음이었을까. 그 이면에는 딸 노릇을 제대로 못 한 죄스러움을 면죄 받기 위해 알량한 마음을 얹어 실어 오지 않았나 싶다.

내 집에 온 지 수십 년, 창고에 먼지를 뒤집어쓴 채 무심히 있다. 수명이 다했다고 보살피지를 않았다. 목요장터에서 재봉틀 수리공을 만나고서야 재봉틀의 몸 매무새를 만져 보게 되었다. 어둠 속에 갇혀 있던 재봉틀 뚜껑을 열자 깁고 또 기워야 할 것 같은 상처를 입은 검은 몸매가 보인다. 몸체에는 바느질할 때 사용할 물건을 넣어 두는 작은 서랍 하나가 붙어 있다. 만지면 부서져 버릴 것 같은 작은 서랍 뚜껑을 조심스레 열었다. 비어 있으리라 생각했던 나를 나무라듯 목도장 두 개와 가락지가 들어 있다. 부모님 이름이 새겨진 목도장이 나란히 있다. 예상 못 한 부모님의 유품을 만났다. 검게 변한 가락지는 꺼내 씻고 또 씻었다. 은가락지다. 가락지를 손가락에 조심스레 끼워 본다. 두 분의 생을 닮은 듯 있는 도장과 가락지를 다시 제자리에 곱게 넣어 두었다.

어머니와 딸이 걷는다. 딸은 심통 난 얼굴을 하고, 어머니는 무슨 죄인처럼 조심스레 딸의 눈치를 살핀다. 딸은 앉은뱅이 재봉틀과 닮은 여인에게 희생을 강요하는 점령군이 되기도 했다. 앓아누워 있던 어머니는 밥상을 차리고 딸은 손님처럼 앉아서 밥상을 받았다. 성이 덜 찬 일엔 어머니의 탓으로 돌렸다. 나한테 해 준 것이 뭐 있느냐는 말은 서슴지 않고 내뱉었으면서도 잘못했다는 말은 아꼈고 고집불통이었던 딸. 자식이라서 당당했고, 어머니라서 조금은 함부로 대해도 될 것 같았던 여인. 칼바람이 사립문을 흔들 때는 당신의 몸을 빌려 나온 자식의 발걸음 소리인가 싶어 방문을 열고 "아무개 오느냐?" 하며 텅 빈 마당을 내다보았다는 어머니. 칠흑 같은 어둠이 성긴 마당에 당신의 흐려진 눈길을 거두며 무슨 생각에 젖었을까. 어둠보다 더 지독한 외로움에 서 있는 어머니는 아니었을까.

재봉틀 수리가 끝난 모양이다. 달~달~달~돌~돌~돌 윤기나는 소리를 내며 앉은뱅이 재봉틀이 돈다. 끝도 없는 둥그런 은가락지 모양이 빙글빙글 돈다. 유년 시절 내가 꿈꾸던 꽃무늬 원피스를 만들어 주지 못하던, 엄마의 마음을 모르고 투정했던 딸. 재봉틀 수리공은 그런 나의 마음을 눈치를 챈 것일까. 일침을 가하듯 돌지 못하던 재봉틀의 소리를 들려주며 기능 좋은 고급 재봉틀과 바꾸라 한다. 오래된 재봉틀은 쓸모없지 않으냐며 눈치를 살핀다. 순간, 마음을 들켜 버린 것 같아 애꿎게 볼멘소리를 내고 말았다. 이내 당신의 마음을 접는다. 뚜껑까지 한 몸으로 있는 어머니가 사용하던 재봉틀은 요즘 찾아보기 어렵다며 잘 보관하라는 부탁도 잊지 않는다. 한복을 지을 때 꼭 필요한 재봉틀이라고 덤으로 한마디 더 얹어 준다.

어둠이 걸친 사립문 사이로 달~달~달 재봉틀 소리가 들린다. 나이보다 늙은 여인은 세월을 깁다 잠시 뒤돌아본다. 누구를 기다릴까. 당신의 청춘을 기다릴까. 당신 몸을 빌려 나온 자식을 기다릴까. 그녀가 견뎌 낸 시간만큼이나 될까. 얼굴에 주름이 깊게 진 여인은 헝겊을 마름질한다. 잘라 버리고 싶은 기억을 마름질하는 것은 아닐까. 앉은뱅이 재봉틀이 달~달~달~돌~돌~돌 돈다. 한 번쯤은 어머니의 생을 돌아보는 딸이기를 바라시지는 않으셨을까. 사랑한다는 말 한마디 왜 하지 못했을까. 재봉틀 소리가 마른 옥수숫대를 휘젓고 가는 소리가 된다. 베란다를 월담해 들어온 달빛이 늦저녁 고향 고샅길로 들어선다. 고집불통이었던 딸은 은가락지와 도장이 든 지갑을 들고 황급히 따라 들어선다. 등잔불로 어둠을 재우고 바느질을 하던 이머니 옆에 까무룩 잠들어 버렸던 어린 딸의 모습이 환영처럼 지나간다.

시래기 응달에서 자라다

결혼과 동시에 아버지의 끝도 없는 술 속을 잊었다. 술에 취하면 곱지 못했던 아버지의 술 속으로 마음에 칼날을 세우며 결혼은 안 한다고 다짐한 적이 있다. 아버지의 그늘을 벗어나지 못하고 늘 전전긍긍했을 어머니한테도 딴전이었다. 봄꽃들이 다 지고 초록들이 춤추는 봄날, 어머니는 한마디 말도 없이 가족들의 손을 놓아 버렸다. 그때 나는 영혼이 잘려 나가는 심정이었다. 사랑한다는 말 한마디 전하지 못했는데, 아버지 시집살이에 응달의 살림살이를 견뎌 낸 어머니는 어디로 가는 걸까. 꿈을 꾸었다. 휘영청 밝은 보름달이 처연하게 떠 있다. 달빛처럼 흐르듯 엄마는 걸었다. 엄마, 엄마 목청을 돋우고 엄마를 불렀다. 평소의 모습이 아닌 새치름한 얼굴로 뒤도 돌아보지 않고 앞으로만 걸어갔다. 울다가 깼다. 꿈속에서 엄마는 단아하고, 냉정한 모습으로 걸어갔다. 아무리 소리쳐 불러도 뒤돌아보지 않았다. 평소에 고집불통이었던 딸에 대한 마음일까. 그것도 순전히 도둑이 제 발 저린 격일 게다.

나에게는 애초부터 외로움의 촉수와 예민함이 있었는지 모른다. 아버지를 원망하며 엄마의 모진 고생을 마음속에 쌓고 말이 점점 없어졌다. 성인이 되어서도 주위는 늘 추운 바람이 서성거렸다. 시나브로 수분이 빠져나간 시래기처럼 마음은 늘 버석거렸다. 뜻이 통하지 않으면 이해시키지 못하고 버럭 화를 내곤 했다. 마음의 구석방에 자라지 못하는 또 다른 나의 방을 만들었다. 자존감은 바닥이었다. 그늘이었을 형제들을 생각 못하고 나만 힘들다고 엄마한테 들이대기가 일쑤였다.

올케언니 회갑을 계기로 조카들과 모임이 있는 날이었다. 가족들이란, 어쩌다 만나면 추억이라는 차표를 들고 같은 열차에 동승한 사람들이 아닐까. 공유한 추억담이 오가면 마음은 감나무 그늘이 내려앉은 툇마루에 앉아 밀담을 나누는 것 같고, 마음을 데워 주는 따듯한 우유 한잔 같은 힘이 있다. 장성한 조카들도 이젠 우리가 업어 주고 달래 주던 어린아이들은 아니다. 저녁 식사와 반주 한 잔씩 한 조카들은 어린 시절 할머니, 할아버지와 보낸 추억들을 쏟아 냈다. 내 기억 속, 아버지의 모습이 아닌 다른 모습의 아버지 이야기를 조카에게 듣게 되었다.

어린 조카들은 방학만 하면 시골로 직행했다. 조카들은 할머니, 할아버지와 깊은 사랑을 나누었음을 눈치로 알았지만, 뜻밖의 아버지 얘기를 듣게 됐다. 마흔이 넘은 조카들은 지금도 여전히 할머니, 할아버지를 향해 그리움의 꽃을 피우고 있다. 어둠의 상징이었던 아버지가 조카들에게는 진달래꽃을 꺾어 꽃밭을 만들어 주는 할아버지였고, 크리스마스이브에는 산타할아버지가 되기도 하였다. 그 말을 들은 나는 생전의 아버지를 떠올리며 산타할아버지와 진달래꽃이 가당키나 하냐고 마음이 웅얼거렸다. 가슴속 밑바닥에서 알지 못한 억울함이 솟구쳤다. 그날 밤, 허방 같은 마음의 터널을 눈물로 메웠다. 손녀가 되어 할아버지를 바라보듯 아버지의 뒷모습을 훔쳐보았다. 오일장을 향해 부리나케 자전거 페달을 밟고, 진달래 꽃다발을 안고 사뿐한 걸음을 걷는 아버지의 모습이 어둠 속에 보이는 듯했다. 손녀와 진달래꽃밭에서 웃고 있는 할아버지가 낯설지만, 행복해 보였다.

응달에서 자란 시래기처럼 늘 버석거려야 했던 마음을 달래야 했다. 바람의 빗질로 영양분이 듬뿍한 질 좋은 시래기로 변해야 했다. 돌이켜 보니 아버지도 무청 시래기처럼 얼었다 녹았다, 하며 응달에서 자란 상처가 있었는지 모른다는 생각이 들었다. 할머니 열여섯의 이른 나이에 아버지를 낳으셨다. 줄곧 아이를 출산한 할머니에게 맏이를 사랑할 수 있는 마음의 틈새가 있긴 있었을까. 표현할 줄 모르고 굳은 표정으로 앉아 있는 할머니와 아버지의 모습이 설핏 보인다. 그 시절 노동의 고단함과 허기와 배움에 대한 열망을 술로 달래야 했던 아버지가 아버지뿐이었을까.

허방 같았던 마음을 쓰다듬으며 새로운 시선을 하고 나를 보았다. 응달에서 자란 시래기 같은 내게 토닥토닥 위로를 보내야 했다. 이제 와 곱씹어 부모님을 생각해 본다. 한마디 비명도 없이 하루아침에 세상을 뜬 엄마는 무슨 말을 하고 싶었을까. 아버지에 대한 미움을 앙갚음하듯 엄마에게 행패를 부렸던 딸이 얼마나 가여웠을까. 애증에 일방통행이 어디 있으랴. 바람의 빗질이 필요했던, 시래기처럼 보이지 않던 아버지의 사랑이 틈새로 스며들었을 것이다. 눈치 못 채고 원망만 했던 나는 아니었을까. 불효는 또 얼마나 저질렀을까. 철딱서니 없는 딸이 염려스러워 엄마가 꿈속에서 달빛처럼 뒤도 안 돌아보고 가지는 않았을까. 시래기처럼 살아온 부모님은 어디쯤 계실까. 꽃밭에 머무르실까? 웅어리진 마음을 토닥이며 또 다른 엄마의 응달에서 자랐을 내 딸, 하나밖에 없는 내 딸의 마음을 쓸어안는다. 비타민이 풍부한 시래기처럼 허기진 사람들의 양식이 된 시래기처럼 오늘도 외로운 사람들을 품기를 바라며 졸작을 끄적거린다.

봄, 그리고 베란다

또, 다시 봄이다. 꽃은 봄이면 다시 핀다. 베란다에 영산홍 두 그루가 손대면 톡 하고 터질 것 같은 꽃망울을 달고 있다. 성질 급한 꽃망울은 마음을 열고 활짝 꽃을 피웠다. 분홍 꽃, 붉은 꽃, 밤새 저 꽃망울들은 속삭였을 것이다. 누가 먼저 눈을 뜰까 소곤소곤거렸을 것이다. 자세히 보아야 예쁘다는 시인의 시처럼 들여다볼수록 신비롭다. 봄이 되면 어찌 알고 꽃망울을 터트리며 우리에게 오는지 오늘도 베란다 화원의 삼매경에 빠져 봄을 만끽한다. 좀 더 시간이 지나면 시선이 바깥을 향해 있겠지만, 이 봄 이것으로도 충분하다. 새봄의 새로운 햇빛을 마중하며 반짝거린다. 꽃나무들은 꽃 필 때를 알고 기다린다.

어느 해 봄처럼 베란다의 화분을 갖다 버리는 일은 다시 일어나지 않기를 기원하는 마음으로 화분을 사다 제라늄의 어린 몸매를 옮겨 심었다. 그림자를 지워 내듯 이 봄이 몸과 마음속에 다시 소생하고 있다. 제라늄 꽃망울이 하나둘 수줍은 듯 고개를 내밀기 시작하더니 금세 고개를 숙이고 있다. 이 봄이 순간적으로 피었다가 사라질 것을 안다. 허나 봄은 환희다. 지금 베란다에는 봄꽃들이 작은 음악회를 열고 있다. 관객은 어느 누구라도 좋다.

스치듯 지나가는 꿈결 같은 봄, 지난밤 베란다에 핀 꽃들의 속삭임을 듣고 꿈길로 들었다. 군자란을 시작해 영산홍 두 그루, 아이비, 소사나무 분재, 제라늄의 일종인 송살구, 아랑별비가 베란다를 점령했다. 제라늄만 키워 분양하는 이웃에게 구입했다. 작은 화분에 이름까지 심어져 왔다. 여릿여릿한 솜털 같이 생긴 이파리가 아기 피부 같다. 만지면 제라늄의 특이한 향기를 품는다. 온도, 습도를 조심스레 맞추어 놓고 제라늄만 키워 꽃을 보는 이웃의 베란다가 무릉도원이다. 제라늄의 꽃빛이 가히 몽환적이다. 삽수 하여 작은 화분에 삽목한 제라늄이 베란다를 황홀지경에 이르게 하다니 참으로 솜씨 좋은 이웃들이 있어 좋다.

소사나무 분재는 지난해는 가지가 더 이상 자라지 않았다. 가지치기를 잘 못해 준 내 탓이다. 안타까운 마음은 이 봄 소사나무에 가 있다. 이파리가 조막손을 편다. 진즉에 자리 잡은

군자란 옆에 제법 어른스럽게 잎이 피어난다. 연평도에서 뿌린 내린 소사나무는 태생이 분재로 자랐다. 하늘하늘 춤사위를 보여 주던 옛 모습은 아니다. 어쩌다 주인을 잘못 만나 모습이 초라해졌다. 그래도 몸 성하게 잎을 피우는 소사나무는 싱그럽다. 군자란은 일찍이 꽃을 피워 열렬히 존재감을 알린다. 네 개의 꽃내가 설이 지나자 조금씩 몸을 올렸다. 군자란 잎의 키를 어찌 알고 꽃대는 딱 그만큼만 키를 키우는지…… 봄은 알쏭달쏭한 환희다.

지난해 꽃을 피우지 않았던 백합과 아마릴리스도 올해는 꽃이 핀다에 한 수 걸어 본다. 꽃이 핀 상태로 화원에 있던 것을 사 왔다. 그 향이 얼마나 진한지 향에 취해 있던 지지난 봄이 생각난다. 지난해엔 어쩐 일인지 잎은 풍성했지만 꽃대를 올리지 않았다. 서운했다. 백합은 분열을 해 네 개의 몸체가 올봄에는 숨어서 몸을 키우고 있는 중이다. 세 개는 모체서 떨어져 나와 독립된 아기 몸체다. 다시 살펴보니 뭉툭한 갈색빛의 몸체가 뒤늦게 올라오고 있다. 무엇인지 감이 잡히지 않는다. 허나 꽃이 숭얼숭얼 달릴 생각에 박수를 쳐 주었다. 신비다. 봄은 하나의 오케스트라이다. 새 생명의 근원을 잊지 않고 숨을 쉬는 저 몸짓들을 무엇으로 표현하랴. 기특하고 놀랍다.

어느 해인가는 베란다에 있는 화분을 모두 다 버린 적이 있다. 꽃과 새싹이 예뻐 보이지 않는 심사가 수상하리만큼 정신세계가 혼란스러웠다. 소사나무 분재와 영산홍만 남겨 놓고 마음의 짐을 덜어 내듯 모두 다 갖다 버렸다. 우울감이 스며들던, 무력감으로 밥 먹는 것까지도 귀찮아 울던 봄이 생각난다. 수필 수업을 받고 집으로 오는 길이었다. 신도림역이었을까? 지하철을 갈아타려고 플랫폼에 서 있는데 앞으로 달리던 지하철이 멈추자 거꾸로 달렸다. 봄이 겨울로 가듯 뒤로 가는 환상이 보였다. 아찔한 생각이 들며 속이 물컹했다. 그늘이 점점 짙어지고 있다고 눈치채지 못했다.

음식을 먹으면 속이 불편했다. 허나 마음속 깊이 자리한 우울의 형태는 언제든지 튀어나올 준비를 한 듯하다. 그해 봄이 오기 전 겨울에 치과를 다녔다. 이를 뽑고 씌우고 하는 동안 체력의 한계점을 느꼈다. 사촌 여동생의 친절한 치료에도 마음을 곤히 재우지 못하고 몹시 흔들렸다. 심한 우울증이 나를 덮쳤다. 봄이 다 가도록 밥도 제대로 먹지 못하며 그해 봄을 보냈다. 꽃 피는 봄날의 여행을 기다렸던 가족여행도 뒤틀렸다. 누가 같이 해 줄 수 있는 문제도 아니었다. 스스로 일어서야 되는 우울증으로 봄을 보냈다. 오래오래 힘들었다.

일곱 해의 마지막

한 번도 보지 못한 것을 그리워할 수 있는 사람의 눈은 멀다. 이 먼눈들이라면 통영의 봄 길이든 눈 쌓인 해산선의 철길이든 지척인 것이고 백 년쯤 전에 태어났다는 이나 이레쯤 전에 세상에 나왔다는 것이나 모두 반갑고 친하고 벅차고 가여운 것이다. 게다가 먼눈을 가진 이가 세상을 먼저 살다 간 다른 먼눈을 가진 이를 살피는 일이라니, 아무래도 이 책은 내가 사랑하는 사람들을 만나는 것만 같다.*

기행은 검지를 들어 위에서 아래를 그으며 다시 말했다. "비, 비는 이렇게 길게 떨어지는 소리입니다." 그러자 벨라가 그 동작을 따라 했다. "그럼 바람과 바다는 어떻게 말합니까?" 기형은 제 손등을 당겨 입 앞에 대고 말했다. "바람, 바람이라고 하면 이렇게 바람이 입니다." 이번에도 벨라는 그 동작을 따라 했다. 그리고 "바다라고 하면, 조선인들은……!" 그는 손을 들어 어둠 속 동해를 가리켰다. "저절로 멀리 바라보게 됩니다. 바다는 멀리 바라보라는 소리입니다. 전 죽음에, 전쟁에, 상처에 책임감을 느껴요." 빨갛게 타오르는 노을을 물끄러미 바라보며 기행은 어둠 속에서 벨라의 담배가 불꽃을 일으키던 것을 기억했다.*

조금은 모든 일에 늦되는 나는 소설집을 읽고 나서 무력감에 젖었다. 솔직히 백석과 기행을 연결시켜야 하는 나는 머릿속이 욱신거렸다. 소설의 세계는 작가의 세계이기도 하다. 지금에 이르러 다시 온 눈먼 이가 작가이다. 소설은 섬세하고 매우 격이 있으며 또 다른 이 시대의 눈먼 이를 발견한 것은 참으로 벅차다. 백석의 시는 모든 이가 좋아하지만 나는 자야와의 사랑을 그저 지나치면서 익혔다고 말해야 옳다. 백석을 완전히 이어 붙이기 한 후에 한참 만에 또다시 책을 들었다. 김연수 작가의《일곱 해의 마지막》소설집이다. 기행으로 왔다가 백석으로 사라진 소설집. 처음엔 책장을 그리 빨리 넘기지 못했다.

조국이 해방될 때 기행은 서른네 살이었다. 그 나이에 예수는 십자가에 못 박혀 세상을 구원했다. 구세주는 못 되더라도 새로 태어난 공화국을 위해 무엇이라도 할 수 있겠다는 열정은 기행에게 있었다. 사람이 사람을 착취하지 않고 모두가 땀 흘려 일해 얻은 바를 즐거이 나누는 새 세상에 대한 꿈으로 그의 가슴은 벅차올랐다. 비 오는 날, 국수 한 그릇, 이렇게 작은 것에 인생의 행복이 있는데, 도대체 사람들은 어디서 무엇을 찾고 있는 걸까요? 나를 향해 묻듯 기행은 그렇게 물었다.

이십여 년 전 길상사를 처음 찾았을 때 여름이 무르익어 가던 때였다. 백석 시인과 자야의 사랑 이야기를 어렴풋이 알고 갔다. 길상사를 법정 스님에게 시주한 자야, 김영한의 묘비석이 길상사 한 곳에 얌전하게 자리 잡고 있었다. 어느 대감 집 담벼락에 피어났던 몸이 이곳 길상사의 담장을 넘실거리는 걸까. 농익어 요염한 자태가 자야의 눈일까. 아름다운 몸짓으로 능소화가 흐드러지게 피어 있었다. 능소화의 몸짓이 깊은 사연을 겪은 여인의 몸짓이었다. 꽃의 입술과 짙은 색의 모양을 보다. 그렇게 자야를 만나고, 백석 시인의 흔적을 탐하듯 도량에서 흠흠거려야 했다.

김연수 작가의《일곱 해의 마지막》소설집은 기행으로 백석을 만날 수가 있었다. 나타샤……! 왜 사람들은 이루지 못한 사랑에 격려의 박수를 더 많이 보내는 걸까. 그것은 애틋한 사랑에 자신의 본연의 모습을 찾기 위함이 아닐까. 자본주의 이념을 습득한 그들에게는 사회주의의 막연한 희망적인 귓속말에 홀연히 사라진 옛사람들은 유토피아를 꿈꾸지 않았을까. 허구의 나라에 자신의 심장마저 내맡긴 작가들의 새로운 도전의 허망함. 본질의 틀을 모르는 상태로 자진 월북했던 시인들이나 상허처럼 어떻게 그들이 사라져야만 했던, 상처받은 영혼들이 여럿 있다. 영혼으로 노래하고 싶은 것을 지우고 한 사람의 사상에 대하여 충성을 다하라는 시를 쓰라는 것은 아니었을까. 기행은 끝내 삼수갑산 독골로 숙청당하고 스러져 갔다. 밤마다 시를 쓰고 태우고 스스로 침몰해 갔지 싶다. 참으로 안타깝다.

부끄럽지만 나는 사실 김연수 작가를 잘 몰랐다. 《일곱 해의 마지막》이라는 소설집을 접하고 나서 알게 됐다. 거기에다 백석의 사랑 이야기도 덤으로 얹은 소설은 외롭고 답답한 기행의 목소리로도 다가왔다. 다시 읽어 보면서 기행의 끝없는 자기 세계를 지탱해 나가는 힘겨운 모습이 뚜렷이 보였다. 앎으로써 그 시절 스러져 간 시인들의 이름을 호명해 본다. 한 시대를 살다 간 보석 같은 이름을 호명하는 일조차 나에게는 호사스러운 일이다. 눈먼 이들처럼 마음에 닿기는 나의 앎이 허한 탓이리라. 참으로 외롭기도 하고 슬프기도 했을 시인의 안타까움만 시들하게 상기시킨다. 반갑고 가슴 뛰는 이름을 다시 내 품에 안았으나 마음은 쓰렸다.

* 첫 단락 박준 시인의 한 줄 서평

* 두 번째 단락 책 내용 중

복숭아

보리쌀 반 말의 힘이 정이 차고 넘쳤다. 복숭아 하면, 보리쌀 반 말을 이고 엄마와 재를 넘던 유년의 기억이 그립다. 엄마와 동생들, 아버지와 오빠가 삥 둘러앉아 복숭아를 먹던 꿈속과도 같은 유년의 기억은 지금 생각해 보아도 보석 같다. 먹을 것이 흔치 않은 그때 보리쌀 반 말은 양식으로써 귀한 존재였을 것이다. 가족들이 한 끼쯤 죽으로 대신해도, 걸러도 좋다는 엄마의 판단으로 보리쌀과 복숭아의 물물 교환이 이루어졌다. 보리쌀 반 말을 이고 재를 넘던, 엄마와 유년의 기억을 오늘도 복숭아로 대신하며 달래 보려 한다. 엄마, 내가 제일 좋아하는 복숭아 계절이 돌아왔어!

여름 과일의 대표주자 수박 참외가 단내가 들고 끝물이 될 즈음이면 복숭아가 지천이다. 여름 과일치고는 늦여름쯤 제값을 다한다. 복숭아 도시인 부천에 오래 살고 있다. 아파트 이름도 복사골 마을이 있을 정도로 오래전에는 복숭아로 그 이름을 다

했지 싶다. 시청 앞 잔디광장은 4월이면 수줍은 미소를 띤 복숭아꽃이 새색시 물오른 듯 분홍빛으로 피어난다. 분재처럼 가꾸어 놓아 몇 그루 되지 않지만 꽃이 피면 장관이다. 어찌 된 일인지 복숭아는 열리지 않아 아쉬움을 남긴다. 요즈음의 복숭아 종류는 여럿이다. 어릴 적 복숭아는 개복숭아 같은, 돌 복숭아로 불리는 형태의 작은 복숭아도 많았다. 그게 토종 복숭아이었을 것이다. 유년 시절 먹었던 복숭아 맛도 크게 변해 딱딱한 복숭아, 달콤한 복숭아, 개복숭아 등 종류도 여럿이다. 요즈음 산지 명을 딴 복숭아가 맛에서는 일등이다.

유년 시절 복숭아와 물물 교환을 하기 위해 보리쌀 반 말 정도를 머리에 인 엄마를 따라 재를 넘어 복숭아 과수원에 가던 기억이 있다. 숨이 턱까지 차고 등줄기를 따라 땀이 비 오듯 흘러내리면, 산등성이에 앉아 초가집들이 모여 있는 동네를 내려다보며 쉬어 가곤 했다. 산에 올라오면서 마주친 보라색, 흰색 도라지꽃들이 별이 내린 듯 피었던 밭이 보였다. 쉬는 것도 잠시고 발길을 재촉하며 뱀처럼 구불거리던 산모롱이를, 엄마를 따라다녔던 길을 지금도 마음속에서 걷곤 한다. 유년의 어느 여름날 잊을 수 없는 엄마와의 아름다운 소풍이었다. 땀을 흘리며 어머니를 따라 천진스럽게 걸었던 그 산길과 오래된 복숭아 과수원에 가던 일은 지워지지 않는 외가 같은 그리움이 되었다.

복숭아 하면 어린 날의 기억과 복숭아를 먹던, 궁핍했지만 행복했던 그날이 떠오른다. 가족들이 빙 둘러앉아 복숭아 가족 파티를 벌였다. 한 끼 식사가 아쉬웠던 그때 보리쌀 반 말은 우리 식구의 귀한 양식이었다. 보리쌀 반 말을 아까워하지 않고 복숭아를 사기 위해 재를 넘었던 엄마도 복숭아를 좋아했지 싶다. 그 때문일까? 나는 여름 과일 중 복숭아를 으뜸으로 친다. 즐겨 먹는다. 부천에 위치한 성주산에 올라가다 보면 복숭아 축제가 열리는 복숭아밭이 있다. 4~5월에 분홍색 꽃이 잎보다 먼저 핀다. 꽃잎은 다섯 장이며 잔가지에 올망졸망 붙어 피기 때문에 매우 아름답다. 열매 맺는 시간이 아니라 꽃 피는 시기인 봄에 복숭아 축제마당이 열리곤 한다. 복숭아꽃이 무리 지어 피어 있는 과수원을 보면 꽃의 아름다움에 가슴이 뛴다.

복숭아 하면 여름날의 기억이 한 편 또 있다. 우리 동네는 다리를 건너야 집에 갈 수 있었다. 학교와 마을을 중간으로 시냇물이 흐르는 곳에 뽕뽕 다리가 놓여 있었다. 발을 디디면 다리에서 뽕뽕 소리가 난다 하여 뽕뽕 다리라 이름을 지었는지 모른다. 함석이나 철로 되었고 구멍이 동그랗게 나 있어 뽕뽕 소리가 났다. 어린 우리들은 그 다리를 건너야 집을 갈 수 있었다. 장마철이 오면 문제였다. 검붉은 흙탕물이 산더미만 하게 숨을 내쉬며 흐르고, 뽕뽕 다리가 자취 없이 사라지면 어린 우리들은 부모님들과 멀리 서서 큰 소리로 약속을 했다. 재를 넘어 복숭아를 사러 다니던 복숭아 과수원인 아저씨네 집으로 돌아가 거기서 하루 유숙을 하라고 했다. 과수원 아저씨 집이 우리 동네 아저씨의 친척 집이었다. 복숭아 수확 철이면 운 좋게 복숭아도 얻어먹었다.

남편은 복숭아꽃 축제가 열리던 성주산 쪽의 과수원에서 복숭아를 파는 할머니를 알고 있다. 5~60년은 복숭아를 팔아 온 할머니는 복숭아 한 톨을 하찮게 여기지도 않고 깐깐하다며 복숭아를 사 올 때마다 말을 한다. 더운 것도 마다않고 복숭아를 사온다. 내가 좋아하는 과일, 복숭아 철이 왔네. 그러면 남편은 복숭아 사다 나르기 바쁘다. 복숭아는 부드럽고 달콤하면서도 상큼한 향기를 가지고 있어 여성의 선호도가 좋은 편이다. 나도 빼놓을 수 없는 그중의 한 사람이다. 과육의 단단한 정도로 딱딱한 복숭아와 말랑한 복숭아로 나뉘기도 하며 물복, 딱복으로 불리기도 한다. 나는 달콤하고 말랑한 복숭아가 좋다. 복숭아가 제철인 여름을 기다리는 이유는 복숭아가 있기 때문이다.

믿음

물러날 때를 알아 신의가 있다는 매미는 아직도 절정의 시간인가. 끝없이 울어젖히는 소리가 소음이다 못해 공해다. 어두워지면 울음을 멈추고 여름이 가면 미련 없이 자취를 감춘다는 매미에겐 땅속에서 칠 년을 기다리고 우화해서는 단 칠 일의 생生이 있다 하니 딴에는 가혹하기도 하겠다. 후손을 이을 짝을 찾기 위해 저리도 처절하게 울어대니 신의信義 운운하기에는 매미에겐 아쉬움이 남는 모양이다.

경비 아저씨들은 아파트의 지킴이다. 어쩌면 우리가 공기의 고마움을 모르고 살듯 아저씨들의 수고를 모르고 사는 것은 아닐까. 번호 키가 나오기 전에는 외출할라치면 열쇠는 경비 아저씨들의 몫이 되었다. 맡기는 집들이 하나둘이 아니다 보니 경비 아저씨는 열쇠에 호수를 적어 놓았다. 주민들과의 암묵적인 믿음이었다.

습도도 높고 매미는 여전히 카랑카랑하게 우는 여름날, J 선생님으로부터 뜻밖의 전화를 받았다. 평소에 좋은 글 밭을 가꾸라는 기도문을 보내 주는 선생님이다. 느닷없이 의료기 판매 사업을 한다는 것이다. 온열 매트 의료기기가 혈액 순환 개선과 통증 완화 효과가 있으니, 지점에 와서 체험을 해 보라는 권유를 받았다. 체험을 하루 이틀 해 본다 한들 몸의 변화를 느끼는 의료기기가 어디 있으랴. 혈액 순환 장애와 수면 장애가 있는 사람에게 상당히 좋다며 구매하기를 권유하였다. 별똥별(운석)이 들어갔다는 설명도 들었다. 고가여서 망설였지만, 선생님에 대하여 믿음이 크기에 제품을 따지지 않고 구매했다. J 선생님의 믿음을 샀다. 처음 들어본 케렌시아라는 온열 매트였다.

수수팥떡을 아이의 생일 때마다 해 주고 이웃끼리 나누어 먹으면 자녀에게 좋은 기운이 간다는 이야기가 있다. 수수팥떡은 수수와 팥의 붉은색이 나쁜 귀신을 쫓아 주기도 한다는 속설이 있다. 믿음 때문에 아이가 건강하게 자라라는 마음을 담아 딸아이 생일이면 꼭 만들어 먹곤 했다. 때론 딸아이가 걱정 없이 잘 자라 준 덕이 수수팥떡 덕분인 것 같기도 하다. 지금도 손자 생일이면 수수팥떡을 떡집에 맞추어 생일 노래도 불러 주고 이웃하고 나눠 먹는다. 손자 생일에도 빠뜨리지 않고 해 준다.

아파트 경비 아저씨의 믿음이 흔들린 일이 생겼다. 그날이 딸아이 생일날이었다. 아침 일찍 수수팥떡을 주문해 놓고 외출했다. 딸아이가 학교에서 돌아올 시간인 오후 세 시쯤 집에 도착했다. 열쇠를 돌려받기 위해 아저씨를 찾으니 청소하러 갔는지 보이지 않았다. 한참 후에 나타난 경비 아저씨가 당황했는지, 화를 벌컥 내며 다짜고짜 열쇠가 없어졌다고 한다. 핀잔을 주더니만 휙 하고 사라져 버린다. 어이가 없었다. 열쇠 없이 집으로 올라왔다. 현관문이 힘없이 열렸다. 놀라운 것은 다음이다. 장롱문이 사정없이 열려 있고, 이불은 다 흩어져 있고, 살림이 엉망이 되어 있었다. 도둑이 급하게 집 안을 훑고 지나간 모습이다. 수수팥떡을 같이 먹자고 친구를 앞세우고 집으로 왔으니까 망정이지 나 혼자 왔더라면 얼마나 당황했겠는가. 소중한 물건을 잃었다.

경비 아저씨를 찾아가 도둑이 들었다는 하소연을 했다. 얘기를 다 들은 아저씨는 대뜸 경찰에다 신고를 하고 싶으면 하라고 윽박지르듯이 말씨가 더 거칠어졌다. 뭐 뀐 놈이 성낸다고 바로 그 꼴이었다. 마음이 편치 못했다. 덮어놓고 의심의 눈초리도 보낼 수도 없고 난처했다. 사연을 알게 된 남편은 무조건 참으라 한다. 도둑맞은 것을 아깝다 말고 조용히 덮으라 한다.

나는 팥으로 메주를 쑨대도 곧이듣는 편이다. 한번 믿음을 준 사람은 끝까지 믿는다. 물론 우호석인 사람한테는 더더욱 그렇다. 사연이 어쨌든 열쇠를 잃어버린 경비 아저씨는 미안하게 됐다는 말을 해 줄 수 있지 않았을까. 적어도 위로는 해 줄 줄 알았다. 책임 운운하기보다는 아예 말문을 막아 버린 아저씨의 태도에 마음이 편치 못했다. 사람과 사람 사이에 믿음이 깨지면 모든 관계는 바람에 날리어 흔적 없이 사라지는 모래알 같지 않을까. 열쇠를 맡기고 다닌 내 책임이 크다는 생각을 해 보았다.

러브 샷

러브 샷을 했다. 대중적인 음료인 커피도 못 마시고, 술 한 잔 할 줄 모르는 내가 러브 샷을 했다. 그것도 외간 남자에게 내가 먼저 제의해 건배를 했다. 아니 러브 샷을 했다. 물론 둘이 있는 곳은 아니었다. 그렇게 말하는 것도 지금 생각해 보면 변명이지 싶다. 나의 깊숙이 자리한 어떤 생각이 술도 못 마시는 나에게 그런 용기를 내게 하는 것이었는지…….

러브 샷 5단계

1단계. 팔목 크로스 술 마시기

2단계. 목뒤로 껴안고 술 마시기

3단계. 여자, 또는 남자를 무릎 위에 앉히고 껴안으며 술 마시기

4단계. 입에서 입으로 술 마시기

5단계. 남자가 여자를 업고 입에서 입으로 술 마시기 or 쇄

골 주(쇄골에 부어 마시기)

두 사람이 서로 팔을 엇갈고 하는 건배, 그래 맞아 건배였다. 건배가 이렇게 에로틱한 것이란 말인가.

1960~1970년대 시골의 사정은 눈물겨웠다. 되돌아보면 무엇으로 부모님은 견디고 살았을까. 희망이라도 있었을까. 아버지는 술로, 깡으로 견뎌 냈지만 엄마는 무슨 힘으로 견뎠을까. 암흑 같던 시절을 견뎌 낸 엄마의 눈물이 가여워 가슴이 저릿저릿하다. 단 몇 분만, 며칠만, 그분들을 다시 볼 수 있다면 무엇으로 위로의 말을 건넬 수 있을런가. 유감스럽게 아버지의 유전자를 닮지 못한 나는 술을 마시지 못했다. 술 한 잔에도 손톱, 발톱 끝까지 동백꽃처럼 붉게 물들고 심장이 건들거렸다. 한 잔만 마셔도 머리가 빙그르 돌았다.

직장생활을 할 때였다. 맥주 한 잔 마시고 흠씬 취한 나는 걸음이 제대로인지 친구에게 살펴봐 달라 했다. 의자에서 일어나 걸었다. 비틀대지는 않았지만 기분이 좋아지기는커녕 고역이었다. 그 뒤로 커피와 마찬가지로 술은 애호식품이 못 되었다. 알코올하고, 카페인이 나한테 왜 그런지 호감을 보내지 않았다. 여동생은 그런대로 술 한잔 즐길 줄 안다. 조카들과 만나도 이야기꽃을 피운다. 서로 보듬고, 위로하고 깔깔대고 해 넘은 시간까지 즐긴다. 꿔다 놓은 보릿자루 같은 나만 소외된다. 참으로 재미없다. 보는 사람도, 본인도 난감하다. 어쩌다 여행을 가서도 외톨이가 된다. 여동생은 조카하고 죽이 척척 맞는다. 막걸리 한 잔에 질펀한 삶의 이야기를 나누고 우애를 다진다.

술이 늘었다. 친숙한 자리에선 막걸리 반 잔 정도는 마실 수 있다. 10년도 넘었을 게다. 성당의 구역모임이 있는 날이었다. 구역이 같은 아파트로 나뉘어 있기에 친목을 위하여 주로 같은 아파트 사람들로만 모임을 갖는다. 치킨에 맥주 한잔으로 이야기꽃을 피운다. 술도 취하지 않은 상태인데 서슴없이 이웃하고 지내는 남자 교우하고 러브 샷을 했다. 남자가 옹졸하게 거절할 수도 없었을 것이다. 스스럼없이 지내는 사이기에 잘못되었다는 생각은 하지 못했다. 그 후로 시간이 얼마나 흘렀을까. 이웃이 이 사람과 러브 샷을 해야 했느냐고 물어 왔다. 얼굴이 후끈 달아올랐다. 내가 무엇을 했지? 가까울수록 조심해야 되는 사이임에도 불구하고 팔과 팔을 꼬고 건배가 아닌 그야말로 러브 샷을 했단 말인가. 부끄러웠다. 술에 취해 본 사람만이 예술을 논하고 인생을 노래할 수 있다고 단정하기는 그렇다. 허나 취해야만 본심이 나오는 이치를, 마음속의 고독을 토해 내고 본연의 모습을 찾고 싶을 때도 있다. 일직선의 길 위에서, 충실한 날들을 뒤로하고 흔들리고 싶을 때도 있는 거다.

참으로 술 취한 세월의 강을 많이도 건너왔다. 러브 샷에 대한 여러 가지 무례한 글도 찾아보았다. 아버지의 술 속으로 유년 시절 마음 고생한 나는 술 마시는 배우자를 절대 만나지 않겠다고 다짐을 했었다. 허나 숨 죽여, 만취가 되어 귀가하는 남편의 소리에 쫑긋 귀를 기울인 시간은 얼마일까. 술 취한 채 아파트 계단을 밟고 올라오던 새벽녘의 남편의 발소리를 얼마나 들었을까. 그 세월 덧없다. 남편은 이젠 술 취할 여력이 없는 것 같다. 더 이상 술에 취하지 않게 되었다. 술도 못하는 주제에 술에 대한 생각을 많이 해 본 시간이다. 예술, 아름다움을 표현하고 창조하는 일에 목적을 두고 작품을 제작하는 모든 인간 활동과 그 산물을 통틀어 이르는 말을 논하기엔 나는 자질이 턱없이 부족하다. 영국의 미술 비평가, 러스킨은 그의 저서에 "예술은 사람의 혼을 표현하며, 다른 사람과 대화를 하는 사회나 문화의 이해를 의미한다."라고 했다. 그림이고 작문이고 혼을 노래하는 일이란 고되고 외로운 행위일 것이다. 그런 면에서 예술은 자신의 혼을 들여다본다는 의미일 것이다. 묘하게 술酒과 예술藝術에 술 자가 겹쳐 있는 걸 보면 그 둘은 한통속은 아닐까.

이장(移葬)

윤달에 이장(移葬)하면 후손에게 탈이 없다는 말이 있다. 언제부터 벼르던 일인 부모님 산소 이장을 윤달인 오월에 하기로 집안 어른들끼리 상의가 된 것을 미리 연락을 받았다. 선영에 관한 한 아직도 문중의 의사를 절대적으로 존중해야 하는 충청도 시골이다. 부모님의 이장을 마음에 두고 있으면서도 형제들끼리 쉽사리 결론을 내리지 못했다. 어려운 일을 문중의 동의를 받아 결정을 내리고 보니 한고비 넘은 셈이다.

하루 전날 내려오라는 작은아버지의 당연한 말씀에도 불구하고 당일 새벽에 갔다. 여자는 출가외인이라 덜 책임져도 된다는 얄팍한 책임회피 내지는 변명의 심사가 마음 밑바닥에 자리하고 있었는지 모른다. 작은아버지를 비롯해 남동생이랑 조카들은 산에 가고 없다. 아침밥을 차려 준 작은어머니와 고모가 밥 먹었으면 얼른 산소에 가라고 밥그릇을 뺏다시피 일으켜 내친다. 전날 내려와서 대소사 일정을 챙겨야 옳은데 여행을 핑계로 당일 날 내려왔으니 유구무언이다.

부모님 산소를 찾아온 적이 언제였던가. 이모들하고 소풍 가는 것처럼 왔다가 '처삼촌 묘 벌초하듯'이라는 옛말처럼 술 한 잔 따르고 남의 묘에다 절하듯 엎드리고 영 그만이었다. 산소는 올라가기가 그리 수월한 곳은 못 되었다. 가파른 산을 핑계로 자주 들르지 못했다. 산길은 알토란 같은 자식들 품었던 밤송아리 빈 몸으로 지천이다. 정상에 오르니 부모님이 모셔졌던 음택(陰宅)이 저만치 보인다. 어머니를 잃고 혼이 나간 것처럼 어린 딸을 업고 있던 내 모습이 보인다. 집 마당, 포도나무 잎은 무성해지고 봉숭아꽃이 시들하게 피어 있던 풍경 속에 꽃상여가 놓여 있다. 사 남매는 어른들이 시키는 대로 꽃상여 앞에 이승에서의 마지막 이별의 절을 올렸다.

이장할 부모님 산소는 봉분이 파헤쳐져 있다. 넋이라도 있는 걸까. 보늬 같은 황토색의 마른 흙이 널려 있다. 일하시는 분들의 일사불란한 동작에 아버지의 유골을 칠성판에 고루 담아 삼베로 고이 싸 모셔 놓았다. 발쪽인 곳에 부(父)가 쓰여 있는 걸 보니 자식들 앞에 그토록 권위적이고 당당하시던 아버지의 모습은 찾을 길이 없다. 나란히 뉘이신 부모님의 유골을 보자

고추바람 같은 세월을 어찌 견디셨을까. 묵묵히 바라보자 피 같은 눈물만 흐른다.

수박을 뭉텅뭉텅 베어다 작은아버지한테 갖다 드렸다. 화가 나셨는지 쳐다보지도 않는다. 피부가 녹아 버릴 것 같은 햇살에 일하시는 분들과 작은아버지 얼굴에서 굵은 땀방울이 빗물처럼 흘러내린다. 어쭙잖은 나의 모습과 작은아버지 얼굴을 살피던 한 아저씨가 나직하게 말씀하신다. 큰딸인가 보네…….

부모님이 새로 모셔질 산소는 문중 5대손부터 모셔져 있는 가족묘이다. 미리 다 이장을 해 모셔져 있었건만 어머니, 아버지 모시기에는 합당하지 않았을 때 가족 묘지가 조성되었다. 소나무로 뼁 둘러 있고 나의 뿌리인 할아버지, 할머니들의 유택이다. 하관은 열두 시 이전에 하는 게 좋다 하는 어른들의 말씀에 따라 사촌 동생들과 산역하는 이들의 마음을 맞추니 일사천리다. 불같은 햇빛 아래 부모님이 새로운 집으로 모셔졌다. 가슴을 막고 있던 장애물이 제거된 듯 마음이 놓였다. 어머니 돌아가시고 오빠, 아버지마저 돌아가셨을 때 고아가 된 것 같았던 기억들도 이제 저 두 분이 누워 계신 곳에 오늘 난 절 올리며 다 묻어 버리련다.

아버지, 어머니 새로 모신 집은 마음에 드시나요. 술 한 잔 따르고 절 올리고 올라가렵니다. 일하시는 아저씨 한 분이 말씀하시는 것 아버지는 들으셨죠. 어린 우리며 어머니에게 쉽지 않은 존재이셨음을요. 봉분 만들 때 맏사위가 잔디 밑에 노잣돈 넣어 드리고 절 올리는 것 보셨죠. 아버지, 이제 제가 생전에 드리지 못한 한 말씀 드립니다. 저녁에 어머니 한 번 살포시 품어 주세요. 살아생전 풀지 못했을 온갖 시름 이제 놓으시라고 다정스레 말씀 한번 건네 보세요. 저녁에 비도 온다 하니 잔디도 곱게 자라겠습디다. 옥 같은 아들 곁으로 오셨으니 다습게 옛날 얘기로 다독이세요. 시절이 궁핍했던 것을 철이 없어 원망만 했던 마음 다 내려놓고 절 올립니다. 제가 올리는 절이 그리 마음에 들지 않을지도 모르겠네요. 그래도 어쩌겠어요. 아버지 닮아서, 아버지 딸인 것을. 딸, 사위를 보며 살아생전 마음을 다해 절 올린 적이 몇 번일까 생각하니 마음이 편치만은 않네요. 부질없는 짓이지만 제사 올릴 때 절하며 자식들, 손자, 손녀들 앞길 지켜 달라고 말씀드리는 거 듣고 계시죠!

인생, 너 달콤했니?

검고 피곤한 얼굴을 한 여인이 팔을 잡아끈다. 원가계 중에서도 가장 압권인 두 봉우리가 서로 만나 붙어 세상에서 가장 높은 다리 모양을 한 원가계천하제일교(橋). 웅장한 산수화가 펼쳐지는 절경이 보이는 그쯤에서 중국 여인은 애원을 한다. 그녀의 모습하고는 사뭇 다른 화려한 원피스 두 장을 들고 서투른 우리말로 "만 원! 만 원!" 한다. 여인의 고단한 삶의 무게가 느껴지는 얼굴에서 어린 시절로 잠수를 탄다. 낯 설은 여행길에서 중국 여인의 모습에서 부모님의 얼굴이 떠오르며 나만의 세계에 빠져든다. 멜랑콜리한 나의 본성이 여행길에서도 문득 도지는 듯하다.

키가 우뚝한 소나무 밭이 논배미 사이에 섬처럼 떠 있고 신작로 안쪽 깊숙한 곳에 자리한 동리가 나의 고향이다. 가끔씩 그 길을 달리던 버스는 뽀얀 안개 같은 흙먼지를 일으키며 지루한 일상을 되돌려 놓기도 했다. 봄, 여름, 가을, 겨울, 사계절을 가리지 않는 자연과의 공존은 어린 우리들을 웃자라게도 했다. 산 밑에 복숭아꽃이 피어 있던 작은 과수원에서 마주친 봄날의 풍경은 어린 가슴을 철렁하게도 했다. 오롯이 산속에 파묻힌 동리의 모습, 노인들의 허리가 굽은 만큼 서럽다 못해 평온하다.

은빛처럼 화려한 햇살이 갈대밭을 서성일 때 들 숲에 누운 작은 아이는 마음 밭의 별을 헤아려 본다. 별은 아득하게 먼 곳까지 데려다주곤 했다. 경험하지 못한 도시의 생활을 마음속에 그리며 언젠가는 가 보고 싶은 곳으로 일찌감치 점찍었다. 들 숲에 누워 나만의 꿈을 꾸었다. 어디서부터 흘러온 것인지 알 수 없는 정안천은 세월의 등을 밀어내듯 굽이쳐 흘렀다. 아무렇지도 않은 일상을 밀어내고 새끼를 품는 피라미들과 다슬기들은 사뭇 제 집 지키기에 여념이 없다. 풀피리 만들어 불어대던 봄날의 아늑함도 보리밭에 오가는 바람결에도 마음을 빼앗기며 단단해진다. 학교를 오가는 긴 둑길은 9년이라는 세월을 나와 함께 자라며 어린 내 모습을 고스란히 간직한 채 따라다녔다.

슬며시 찾아오는 울적함은 나 스스로를 외톨이로 유배시키기도 했다. 스스로는 몸을 가두는 달팽이처럼 달팽이를 닮아 가고 있다. 아버지의 술 속으로 숨죽여 살아야 했던 날들, 예민했던 나는 외로움이 그림자처럼 늘 따라다녔다. 마을에서는 초등학교를 열여섯 명이 다녔다. 상급학교 진학은 남자 한 명 포함해 여자애는 순연이하고 나뿐이었다. 다들 공장이나 객지로 흩어졌다. 객지로 흩어진 친구들은 이른 나이에 숙녀가 됐다. 때론 그 애들이 부럽기도 했지만 미래를 꿈꾸며 오늘을 견뎠다.

작은 꿈과 우울함을 키우며 컸다. 하굣길에 등짝 너머 보이던 먼 산은 가을빛이 물들기 시작하고, 마음속에도 무엇인지 알 수 없는 그리움이 피어나곤 했다. 그렇게 가을도 가고 찬바람 부는 겨울이 오면 가물가물 타들어가는 호롱불 밑에서 구멍 난 양말을 깁던 엄마의 모습이 생각난다. 얼른 남북통일이 돼 당신 맏아들인 오빠가 군대에 안 가는 시절이 왔으면 좋겠단 얘기를 탄식하듯 걱정하던 엄마의 목소리를 가끔은 듣는다. 겨울밤 눈보라가 치고 짚으로 엮어 만든 지붕을 매섭게 다그치며 고샅 끝을 향해 가던 겨울바람이 지금도 가끔은 들리는 것 같다. 그때의 승냥이 울음 같던 매서운 바람소리가 그리움으로 변해 그 시절을 그리워하며 눈시울을 적실 줄은 상상도 못 했었다.

봄이 되면 자운영 꽃이 온 논에다 수를 놓은 것 같이 그림을 펼쳐 놓았다. 바람에 흔들리던 자운영 꽃들이 한 폭의 수채화처럼 영원히 내 가슴에 그려져 있다. 산에 오빠를 따라 올라갔다가 양지 바른 산기슭에 우연히 마주친 조팝나무 무더기의 화려한 흰색이 내 마음을 흔들어 놓기에도 충분했다. 모든 것들이 우리가 지금의 풍요로움을 누리는 것과는 비교할 수 없는 영혼의 꽃밭이다.

중국 여행길에서 원피스를 파는 젊지도, 늙지도 않은 여인의 모습에서 숱한 생각이 스친다. 한 폭의 산수화가 생각나게 하는 원가계의 웅장한 모습에서 가사문학의 효시라는 정극인의 〈상춘곡賞春曲〉이 떠오른다. "칼로 재단했는가? 붓으로 그려 냈는가? 조물주의 신통한 재주가 시물마다 야단스럽구나." 원가계천하제일교에서 문득 '인생, 너는 달콤했니?'라고 묻고 싶어지는 이유는 왜인지 모르겠다.

막내 이모

태풍으로 인해 사나운 바람이 나뭇잎을 사정없이 내리쳤다. 시퍼런 나뭇잎은 상처 난 얼굴로 포도(鋪道) 위에 나뒹구는데 매미란 놈에게는 어림없는 수작이었나 보다. 따지고 보면 저나 나나 우주의 미물로 사는 것 매한가지 일일 터인데……. 장대비 속에도 꿈쩍 않고 울어 젖히는 걸 보면 매미에게는 기다려야 할 시간이 없다는 의미는 아닐까. 바람 소리, 빗소리가 가슴 언저리를 시리게 하는 밤이면 엄마를 두 번 잃은 마음을 추슬러야 한다.

여기저기 아우성치는 몸의 신호는 오래 쓴 기계 소리다. 마음은 꽃밭을 거니는데 나이는 고개를 하나 넘으려 한다. 노동이라고 생각하면 엄두도 못 낼 일이건만 땀이 수련복을 젖은 빨래로 만들어 놓도록 수련을 한다. 명상과 호흡을 번갈아 하며 심신을 단련시키는 수련센터다. 몸이 부실한 나는 건강을 되찾아보겠다는 다부진 마음으로 평생 회원으로 오래전에 가입했다. 일주일에 서너 번 정기적으로 다니기 시작한 것은 얼마 되지 않았다.

수련이 끝나고 숨을 고르는 시간이었다. 힘찬 리듬으로 수련하는 이들을 추켜세우던 원장의 겉저고리와 바지 사이로 보이던 배꼽이 보인다. 배꼽은 한 마리 매미의 형상으로 다가온다. 잔잔히 흐르는 음악과 함께 날개를 달고 날고 싶다는 생각이 깊어질수록 배꼽은 춤을 추는 듯하다. 생명 줄이었을 배꼽은 배꼽이 아닌 모습으로 따라붙는다. 울어서 마음의 찌꺼기를 토해내야 자신이 보이고, 행복해진다는 수련센터 원장 말을 조금은 알아들었을까. 울컥 목울대가 출렁였다. 통곡하는 사람, 훌쩍이는 이, 그들은 오늘따라 울고 또 울었다. 다 이유가 있을 것이다. 매미처럼.

수련을 끝내고 탈의실에 들어간 나는 휴대전화를 찾았다. 기다린 전화도 없으련만 그날따라 마음이 그랬다. 부재중 전화가 두 번, 문자도 왔다. "언니 엄마가 위독하셔, 병원 응급실에 계셔." 아프다는 소식도 없었는데 막내 이모가 위독하다니, 장대비 속에서도 데시벨 높은 음으로 울어대던 매미가 더 큰 소리로 울기 시작한다. "얘 내가 지금 아프단다." 배꼽이 슬픈 형상으로 보이던, 그 시간 막내 이모가 말을 전하고 갔나 보다. 병원에 도착하니 의식이 없으신 이모는 열이 나는지 얼굴이 불그레한 채 침대에 비스듬히 누워 있다. 조카딸의 말을 듣고 있는 걸까. 이모의 왼쪽 눈에서는 눈물이 맺힌다. 닦아 주면 이슬이 맺히듯 눈물이 고인다. 다음 날 새벽 중환자실로 옮겨졌다. 뇌혈관이 꽈리처럼 부풀어 올라 혈관이 터져 버린 상태였다. 응급실 침대에서 비스듬히 누워 계신 막내 이모의 모습이 마지막이 되었다. 외할머니를 일찍 여읜 탓에 엄마의 얼굴도 모르는 막내 이모. 언니인 내 어머니가 초등학교에 다니다 엄마가 되어 업어 키웠다는 막내 이모는 내 어머니가 엄마였다. 언니가 시집을 가는 날 둑길에 앉아 몇 날 며칠을 울었다는, 나에겐 마지막 보루였던 막내 이모. 어린 이모에게도 어릴 적 내 엄마는 마지막 보루였을까.

어느 여름날, 몸에 좋다는 보양식을 사 준다고 막내 이모가 왔다. 동생하고 나는 못 먹는다고 손사래를 쳐대고, 한 번만 눈 딱 감고 먹어 보자고 애원하는 이모. 주객이 전도되었다. 젊은것들의 건강이 걱정돼 대장간의 화덕처럼 뜨거운 여름날 발걸음을 하였다. 자매는 보양식을 안 먹는 불효를 저질렀다. 건강치 못한 조카딸이 이모 마음에 옹이처럼 자리했었나 보다.

우리 딸을 시집보내던 날, 나중에 몸에 좋은 것 사 먹으라며 돈을 찔러 주던 막내 이모의 마음의 손길. 딸아이 결혼식이 끝난 며칠 후 막내 이모는 전화를 했다. 여느 때보다는 통화 시간이 길었다. 그 마음이 어떤 마음인지 알 것 같아 딸을 시집보낸 서운함보다 막내 이모의 전화에 알 수 없는 아련한 그리움으로 몰려와 마음이 가마득해졌다. 잔칫날 부재중인 언니가 그리웠을 것이다. 조카딸의 딸이 혼례를 올리던 날 내색은 하지 않았지만 언니의 생각으로 가슴이 먹먹하였던 모양이다. 나도 스스로 마음을 달래야만 했다.

막내 이모는 이제 다른 세계로 갔다. 수목장으로 치러진 막내 이모의 장례의식이었다. C-37번 나무 밑에 묻힌 막내 이모는 끝도 없이 우는 매미 울음소리를 듣고 있을까. 언니인 엄마를 만난 그리움의 회포를 풀고 있을까. 여름의 산그늘에 앉아 있다. 돌멩이 하나 데굴데굴 굴러 산 아래로 막힘없이 제 갈 길을 간다. 돌멩이 따르던 눈길을 거둔다. 저도 어디쯤 굴러가다 멈출 것이다. 막내 이모가 언니와의 이별이 지독한 슬픔으로 왔기에 몇 날 며칠 울었다는 둑길이 보이는 듯하다. 둑길은 하나의 숲이 되며 처연하게 울어대는 매미 울음소리마저 들려준다. 숲길은 배꼽이었다, 매미였다, 한다. 햇빛에 빛나는 진

초록의 나뭇잎들이 불어오는 바람에 흔들리며 아무 일 없었다는 듯 수다를 떤다.

종심從心

칠순을 갓 넘긴 듯한 한 남자를 잘 알고 있다. 남자는 모두에게 오빠라고 불리고 싶어 하는 욕심이 있다. 하긴 팔순을 넘긴 할머니도 언니라고 부르라고 책망한 할머니도 있다. 할머니에게 50대 여인이 어르신이라고 불렀다. 어르신은 그 말이 싫다고 했다. 언니라고 부르라 했다. 팔순을 넘긴 할머니도 그러하건데 종심에 있는 오빠는 호칭을 욕심내도 되지 않을까. 마음이 하고자 하는 바를 좇아도 도에 어그러지지 않는다는 나이 칠십, 그 남자와 눈꽃이 분분히 날리는 12월에 연분이 되어 40여 년을 보냈다. 눈꽃을 보며 대관령을 넘은 게 엊그제 일인 것 같은데 날리는 눈꽃처럼 기억이 분분하다. 눈꽃에 갇혀 험준한 대관령에 사랑을 묻고 씨앗 하나 틔워 딸아이 하나 곱게 키웠다. 칠순을 맞은 그 남자와 돌이켜 생각해 봐도 잘한 짓이라고는 그게 전부인 것 같다.

예고 없이 찾아온 코로나19라는 놈이 천지의 발을 묶었다.

바이러스가 바다를 건너고 육지를 건너는 데는 그리 시간이 많이 걸리지 않았다. 연일 뉴스도 코로나19로 시작해 코로나19로 마무리하는 시절이 되었다. 세상을 온통 바이러스가 잠식하는 것 같아 몸과 마음을 웅크려야 했다. 이젠 실외에서는 마스크를 쓰지 않아도 된다고 방역당국에서는 방송을 했지만, 마스크 벗고 걷는 행인은 보기 힘들다. 마스크 쓰고 생활해야 하는 시간이 아직도 끝나지 않았다. 변종 바이러스로 인해, 코로나19라는 놈이 풍토병이 될 모양이다. 참으로 끈질긴 놈이다. 천진한 아기들도 마스크 쓰고 지내야 되니 보기도 안타깝고 미안하다. 가족들과 만남도 코로나19로 인해 만나지 못하고 소식만 듣고 있었다. 그나마 거리두기 해제가 되었다. 막혔던 가슴이 조금은 뚫렸다.

그 남자의 칠순을 핑계로 가족들이 모였다. 그 남자의 종심從心을 맞아 조촐하게 가족들의 얼굴을 보게 됐다. 밥 한 끼 같이 먹기도 쉬운 일이 아닌 시절이다. 보고 싶은 조카들도 금쪽같은 시간을 냈다. 생각보다 더 많이 흐뭇했고, 행복한 시간이었다. 젊은것들은 젊은이들끼리 어울리며 모처럼 혈육의 정을 느끼기에 충분한 시간이었다. 그 남자의 마누라 친구도 공주에서 한걸음에 달려왔다. 세월을 역행해 먼 기억 속으로, 좀 더 오래 머물고 싶듯 시간이 길었으면 좋겠다는 생각을 하게끔 하는 만남이었다.

'지구는 여행길, 인생은 여행, 하루에서 다른 하루로 미지의 길을 떠나는 우리 모두는 여행자라네.'라고 박노해 시인은 노래했다. 삶은 눈물로 춤추며 가는 것, 〈유랑자의 노래〉에서 이렇게 말했다. 춤을 추며, 눈물로 엮어진 긴 세월이 전부는 아니어도 나름대로 쓴맛과 단맛의 갈림길에서 인생은 녹아 있는 것은 아닐까. 40여 년을 뒤돌아보니 애태우며 그 남자를 기다린 세월은 얼마일까. 그는 마누라가 아프지 말기를 얼마나 손꼽아 기다렸을까. 술과의 세월을 보내던 그를 기다린 것은 얼마였을까. 딴에는 까칠하고 딴에는 순한 그 남자, 술을 나보다도 더 사랑했던 그.

그 남자와 즐겨 보는 티브이 프로그램이 하나 있다. 〈나는 자연인이다〉라는 프로그램이다. 자연을 동경하는 마음보다 개그맨들의 위트가 살맛나게 해 준다. 그 남자는 자연 속에 사는 것을 싫어한다. 아파트 경비원이라도 하면서 예쁜 아줌마들을 보며 살았으면 살았지 산에는 안 간다고 한다. 볼 만한 프로그램이 없을 때, 자연인이 나오는 프로그램을 찾아 돌린다. 딴에는 자연인의 삶이 부럽기도 하다. 세상에 지치고 사람들에게 속고 애가 달아 더 낮아질 곳이 없는 사람들이나, 나처럼 자연을 동경하는 사람들이 심신의 치유를 위해 산을 찾는다. 무소유의 자유로움을 만끽하는 그들이 진정 행복한 삶이란 생각이 들게 한다. 자연과 함께 사계절을 만끽하며, 인생 후반전을 빛나게 산다.

그 남자와 아침식사는 해풍쑥떡 하나와 과일과 견과류로 대신 한 적이 꽤 오래되었다. 과일 종류는 사과, 키위, 토마토가 주류이다. 언제부터인가 배송이 되는 사과는 내 담당이고 토마토, 키위는 남자의 담당이다. 시장에 다니면서 싱싱한 것으로 잘도 사 온다. 키위를 사 오고, 먹고, 그 세월이 수년이다. 〈나는 자연인이다〉라는 티브이 프로그램을 볼 때이다. 다래라고 불리는 우리나라 키위가 나무에 대롱대롱 달려 있다. 티브이 화면에 초점을 맞춘 남자는 고개를 갸웃한다. "키위가 나무에 왜, 달려 있지?" 혼자 중얼거렸다. 그 남자는 키위가 땅속에서 자라는 거라고, 그게 맞는 거 아니냐고 했다.

돌연 상황이 위태로워졌다. 섬 소년의 얼치기 지난날이 의심스러웠다. 아니, 땅속에서 자라는 감자 같은 알뿌리 식물일 거라고 말했다. 오호! 通才라, 키위를 사다 날랐고, 여태까지 껍질을 벗겨 먹었던 것이 감자 종류란 말인가. 까슬까슬한 느낌이 흙이었다고 믿고 있다. 키위 생산이, 키워 내는 곳이 땅속이라니. 이를 어째, 참으로 난감해 하는 나를 보고 섬에서 곱게 자라서 그렇다고 변명 아닌 변명을 했다. 부모 밑에서 곱게 자라지 못한 사람도 있단 말인가. 40여 년을 살아온 지난 세월을 되돌려보았다. 유년을 푸른 바다만 바라보고 꿈을 키우며 섬에서 보냈다고, 다래가 자라는 곳이 땅 위인지, 땅속인지 구분을 못하는 종심 나이의 남자를 어이없어 해야만 했다. 애타게 했던 나의 건강은 그 남자를 지치게 했을 것이다. 무난하게 살아온 것이 저런 면이 있어서 그런가. 나를 조금은 속상하게도 했던, 그 남자는, 빤히 쳐다보는 나를 향해 멋쩍은 미소를 지었다. 알아도 모른 척 알고도 모른 척 견딘 사내의 등짝이 작아 보인다. 종심, 칠순을 맞은 그 남자와 닮은 얼치기 마누라가 옆에 살고 있다. 사랑했던 시간이나 있었을까. 아득하다.

2부

꽃길

해거름에 전화벨이 요란하게 울렸다. 시골 작은어머니의 목소리였다. "나도 모르겠어, 시냇가에서 동리 사람들하고 천렵을 하는데 큰엄마가 내가, 왜 그러지 하면서 쓰러졌어." 병원에 모시고 갔는데 위독하다고 한다. 어머니도 위독할 수가 있단다. 식은땀이 흐르며 몸이 사시나무 떨리듯 흔들거렸다. 밤늦은 시간에 공주의료원에 도착해 보니 어머니는 침대에 누운 채 모처럼 편안하게 숨을 쉬고 있다. 안도의 숨이 내뱉어졌다. 7개월 된 딸아이를 등에 업고 있는 나는 아이가 깰까 봐 걱정했을 뿐이다. 이른 새벽에 어머니는 손을, 자식들과 잡았던 손을 놓고 있었다. 숨은 조용한데 입술은 푸르렀다. 그때 작은어머니는 서럽게 흐느꼈다. 몽롱해졌다. 얼마나 시간이 흘렀을까. 의사가 무감각하게 다가와 의무감처럼 어머니의 생의 마침표를 찍었다.

쉰아홉 짧은 생을 마친 어머니는 봄밤이 익어 가는 단옷날 이른 새벽에 꽃길을 걸어갔다. 꽃 피는 봄날 자식들과의 작별인사도 없이 손을 영영 놓으셨다. 장례 차를 이용해 어머니를 집으로 모셨다. 어머니를 실은 장례 차는 고향 동리를 향해 달렸다. 어둠에 갇혀 있는 고향은 아무 일 없다는 듯 우리들을 품는다. 밤하늘에는 달이 지고 있는지 달그림자가 보이는 듯하다. 장례 차로 집으로 옮겨진 어머니는 안방에 모셔졌다. 어머니가 시집와 40년을 사시던 집에서 곱게 누우셨다. 말이 없는, 표정은 누군가를 걱정하는 모습이었다. 어머니는 이 시간 꽃길을 걷고 있는 걸까. 산나리꽃이 핀 산 밑의 밭을 향해 바삐 걸으시는 것은 아닐까.

어슴푸레한 새벽이 오자 영영 돌아오지 못할 꽃길을 떠나신 것이 틀림없어 보였다. 마당에 차양막이 쳐지고 멍석이 깔렸다. 어머니가 살던 집은 동네 언니들이 전통 결혼식을 할 때와 마찬가지로 잔칫집 모양새다. 사립문 앞에 사자使者밥이 놓였다. 늦게 도착한 오빠는 서럽게 울었다. 지관이 오고 장례를 의논할 동네 어른들이 다녀갔다. 어머니는 18살 조금은 이른 나이에 아버지를 만나 결혼했다. 없는 집 장손인 아버지와 백년가약을 맺었으니 그녀의 앞길이 녹록지 않음을 이미 눈치챘으리라. 외할머니마저 돌아가신 외갓집에서 엄마가 뭐 그리 대

수였겠는가. 떠밀려 결혼하듯 한 혼인은 아니었을까. 외할머니를 잃은 엄마는 막내 이모를 돌봐야 하는 엄마 아닌 엄마가 되었다.

차양막이 쳐진 마당에서는 어머니가 이승에서 마지막으로 입을 수의를 만들고 있었다. 안방에서는 간간이 여동생의 울음소리와 곡을 하는 오빠의 소리가 들렸다. 외사촌 오빠들, 동생들, 멀리 사는 친척들도 모두 다 모였다. 잔칫집 같은 사람들이 득시글한 마당을 본다. 우리 집 마당에서 혼인잔치가 벌어진 것은 아닐까. 몽환처럼 떠다녔다. 나는 아침이 없고 밤이 없었다. 극히 자유스러웠던 먹고 자고 울고 하는 행위를 못 하고 먼지처럼 부유했다. 입관식이 시작됐다. 심정지가 된 것처럼 할 수 있는 일이 아무것도 없었다. 동생의 손을 으스러지게 잡고 지탱해 서 있었다. 사지가 못에 박힌 것처럼 옴짝달싹 못 했다.

삼베 수의를 입은 어머니는 입관절차에 따라 입관이 끝났다. 손님들은 오갔고 밤이 되면 짐짝처럼 동생하고 어머니가 누워 있는 방에 담겨 있었다. 산모퉁이 언덕에 있어야 할 상여가 생뚱맞게 왜 우리 집 안마당에 있는 걸까. 아득했다. 상엿집이 있는 쪽으로는 눈길 한 번 주지 못하던 우리가 아니었던가. 애써 에둘러 다니던, 없는 소문도 만들어 가며 어린 우리들끼리 속닥거리게 하던, 상엿집이 아니던가. 야트막한 산언덕에 있던 상여를 갖다 꾸며 놓았다. 마을에 초상이 나면 동리 사람들이 사용하는 공용 물건이었다. 상여꾼들이 어머니가 탄 상여를 메고 마당을 나갔다. 상여꾼들과 소리꾼의 구슬픈 영가靈駕가 엉켜 있다. 상여는 모든 사실을 시치미 떼고 느티나무 밑을 지나 산으로 향했다.

어머니 49재를 마곡사에서 지냈다. 어머니 가시는 길이 꽃길이기를 하는 바람으로 재를 올렸다. 유품을 정리해 어머니가 입던 옷과 우리가 입고 있던 상복하고 불에 태웠다. 불꽃은 삽시간에 꽃으로 피었다. 가시는 길이 꽃길이길 부처님께 엎드리고 엎드렸다. 나는 아직도 울지 못했다. 그저 몽유 환자처럼 떠밀려 다녔고 먼지처럼 부유했다. 어머니 왜 그러세요? 묻기도 하고 따지기도 하며 마음껏 통곡이라도 했었더라면, 곡이라도 한 번 했었더라면……. 오랫동안 불면증으로 힘들어하지는 않았을지도 모른다는 미욱한 생각을 한다. 봄은 매년 온다. 단옷날도 어김없이 온다. 어머니, 당신은 정말 훌륭하셨습니다. 늦게나마 꽃길이 활짝 열리기 기도합니다. 늘 불효를 저질렀던 딸이 단옷날 눈물로 글 한마디 올립니다.

깐부

뭉이라고 불렀어. 네가 엄마 배 속에서 유영하면서 푸른 꿈을 탯줄에 감고 꿀 때지. 엄마 배 속에서 열 달을 여행을 한 네가 태를 열고 세상에 나온 날 병원에서 만났지. 7여 년 만에 우리 곁으로 온 너는 지각생 아가였어. 병원 아기 침대에서 곤하게 잠자고 있는 조그마한 너의 모습을 보자 가여운 생각도 들었어. 작은 한 마리 새 같았으니깐.

퇴원해서 엄마랑 뭉이는 조리원에 들어갔지. 화상으로 뭉이를 보기 시작했어. 아니, 이젠 유현이를 보기 시작했어. 너의 사랑스런 모습과 닮은 이름을 대견하게도 엄마, 아빠가 지었더라. 할미는 그때부터 환희에 찼어. 마음이 벅차서 참 행복해지곤 했지. 엄마가 유현이 사진을 휴대폰으로 전송해 주었지. 가슴이 마구 설렜어. 할미한테 짝사랑 상대가 나타난 거야. 하루라도 못 보면 큰일 날 것처럼 매일 엄마를 닦달했지. 사진을 보내라, 동영상을 보내라 괴롭혔어. 그렇게 꽃으로 우리에게 왔어. 곧 자라서 새처럼 재잘대는 모습이 한 송이 꽃이기도 했지. 무럭무럭 자라나고 할머니의 가슴도 넓어졌어. 도담도담 걸어 다니는 모습이 얼마나 앙증맞고 귀여운지 어쩔 줄 몰랐지. 너를 만나고부터 새로운 희망의 꽃이 피었지. 우리에게 세상의 빛처럼, 별처럼 반짝반짝 빛났어. 맑은 눈동자, 튀어나온 이마, 할미는 세상에서 우리 유현이만 말하는 것처럼 느껴졌고, 걸음마도 유현이만 하는 것처럼 느꼈어.

한번은 감기로 인해 열이 많이 올라 병원에 입원하기도 했지. 그때 우리는 가슴을 많이 애태우기도 했었던 것 너는 모르지. 풀섶 이슬처럼* 조그마한 너의 손에다 주삿바늘을 꽂을 때 유현이는 엄청 울었지. 많이 아프고 무서웠지? 이슬 달린 풀섶을 너는 아직 모를 거야. 노란 산수유꽃 등불도 있단다. 푸른 들판 단풍 든 숲길 하얀 눈길 달려 보렴. 그 길은 이미 엄마 아빠가 깔아 놓은 비단길이거늘 어느새 거목으로 자라 있겠지. 새처럼 높이 비상하리라 믿는다. 유현아, 2021년 12월이야. 올해도 다 가고 있네. 유현이가 41개월 됐어. 겨울을 네 번이나 맞이하고 있구나.

유현아, 너 코로나19라는 못된 놈을 모르지? 할머니도 모르니까 너도 모르는 게 당연하지. 벌써 2년이 다 돼 가면서 사람들을 매일 위협하고 있어. 어디서 듣도 보도 못한 이상한 놈이 나타나 마스크를 쓰고 살아야 되고 가족끼리도 자유롭게 못 만나. 소중한 생명들도 마구마구 휩쓸어 가기도 하지. 뉴스도 코로나 바이러스로 시작해 코로나로 끝나는 하루하루야. 다들 힘들어하면서 겨우겨우 버티고 있어. 말을 배워야 하는 너희들도 마스크를 착용하고 생활해야 되니 코로나19바이러스 진짜 나쁜 놈 맞다. 마스크 쓰는 어린 너희들 보기가 안타깝고 미안하다. 조금만 더 힘내고 견디어 보자. 힘을 내고 어떻게든 이겨내 보자. 코로나라는 못된 놈도 지칠 때가 있을 거야.

넷플릭스라는 텔레비전 방송에서 〈오징어 게임〉 드라마가 엄청 인기 있었어. 너도 크면 알겠지만 달고나 게임도 있었지. 할머니는 할아버지랑 같이 〈오징어 게임〉을 보았는데 깐부라는 제목이 제일 재미있었어. 6회 제목이 깐부였거든. 구슬 치기 게임은 아니고 구슬 가지고 하는 게임이었는데 오영수 할아버지를 이정재 아저씨가 속이기도 했어. 그랬지만 오영수 할아버지가 결국은 이겼다. 그런데도 오영수 할아버지는 이정재 아저씨한테 이긴 것을 양보했어. 왜 그랬냐구? 오영수 할아버지가 말했어. 우린 깐부잖아, 깐부끼리는 네 거 내 거 없는 거여. 그래 맞아. 할미는 유현이가 이 세상이고, 전부잖아. 유현이하고 할머니는 네 것 내 것 없잖아. 생각해 보니깐 유현이하고 할미 사이가 깐부가 아닌가 생각했어.

할머니 집엔 30년 전 유현이 엄마가 소꿉놀이하던 보석 상자가 있잖아. 꼼꼼한 성격의 너의 엄마가 버리지 말라고 해 할머니 집에 아직 있거든. 거기에 알록달록한 머리핀, 반지, 귀걸이 등 많은 보석이 있잖아. 그 보석 상자를 꺼내놓고 가위, 바위, 보 하자고 네가 먼저 말했어, 그것도 발음이 잘 안되니깐 바위 바위 보 하면서. 근데 마지막에 머리핀 하나 놓고 할미가 이겼는데 유현이 너는 안 된다고 하면서 머리핀을 가져갔잖아. 〈오징어 게임〉의 오영수 할아버지와 이정재 아저씨의 게임하던 장면이 생각나 우스웠어. 얼마나 예쁘던지 눈물이 날 지경이었어. 분명 할미가 한 번 양보했다. 왜냐구? 우린 깐부니까. 할머니는 네가 이 세상에 오던 날이 최고의 날이었단다.

* 깐부 : 친한 친구, 짝꿍, 동반자를 의미하는 은어

* 정지용 〈향수〉에서 인용

나비, 시가 되어 날다

- 詩로 듣는 가을 -

복사꽃 무대가 열렸다. 하루해가 고단한 듯 살포시 눈을 감으려고 하는 시간 시청 앞 잔디 광장은 별이 내리고 음악이 흐르고 시가 흘렀다. 짧은 입맞춤처럼. 비발디의 사계 중 가을이 잔잔히 흐르고 시인들과 시민이 하나가 되어 무대 위에서 시를 노래했다. 짙어 가는 가을밤 시 낭송은 낭송하는 이의 깊이 우려낸 삶의 맛까지 보태진 탓일까. 한 방울 눈물이 이슬처럼 맺혔다. 아니다 어울림이다. 음악, 시, 무용, 노래, 들을 수 없는 사람들에게 들을 수 있도록 수화까지 곁들인 무대는 가을마당에 복사꽃으로 피어났다. 복사꽃 여정에서 목마와 숙녀까지 가을이 물들었다.

윤동주의 〈별 헤는 밤〉을 스승과 어린 제자가 주고받을 때는 청운동에 있는 시인의 언덕으로 초대하는 느낌이었다. '별 하나에 추억과 별 하나에 사랑과 별 하나에 쓸쓸함과 별 하나에 어머니, 어머니'를 낭송할 때는 영혼의 가압장이라는 윤동주

문학관에서 울리는 소리 같았다. 영혼의 순수함, 그 순수함의 뒤에는 불의에 타협이란 애초에 없었던 여리지만, 강인한 정신의 별이 되어 이 밤 부천 시민을 품는다.

수주 변영로 시인의 〈논개〉는 진주 남강으로 강낭콩 꽃보다 더 푸른 청춘을 던져 버린 옛 여인의 숨결이 오늘날 우리의 정신을 일깨워 준다. 오래전에 보았던 남강이 붉은꽃으로 피어나 뒤치는 듯 흐른다. 거룩한 분노는 종교보다 깊다는 논개, 어찌 보면 시인들은 별이 든 등불 하나 품고 사는지도 모른다. 시간은 별이 든 등불을 들고 가을 속으로 걸어갔다.

박인환의 〈목마와 숙녀〉는 버지니아 울프의 에세이집을 떠올리게 했다. 페미니스트였지만 사춘기 시절 어머니를 잃고 페시미즘에 빠져 끝내는 우즈강에 자신을 버린 버지니아 울프. 울프의 에세이집은 그의 정신세계가 어디가 닿아 있는지 헤아리기엔 조금은 혼란스러웠다. 박인환도 어쩌면 불행하게 살다간 늙은 여류작가를 노래하고 싶었는지 모른다. '목마는 주인을 버리고 거저 방울 소리만 울리며 가을 속으로 떠났다.' 그 둘은 가을 속으로 떠나 다시 가을 속으로 왔다. 오늘 저녁 이렇게 우리 곁으로 와 낭랑한 목소리로 살아난다. 인생이 잡지의 표지처럼 통속적일 망정[*] 우리는 가난한 식사 앞에서 기도하고[*] 거룩한 연어의 삶이 그러하듯이 배고픈 별빛들이 웃음을 터트리며 밤을 밝히리라.[*]

성주산 연가를 부르고 떨어져 나간다는 것처럼 우리는 한 시대 살면서 또 한 계절이 왔다가 가는 것처럼 떨구어야 할 것은 떨어 버리며 산다. 달광을 내어도 될 만큼 내 앞자락에 시, 가을, 별, 꿈, 사랑, 삶, 죽음을 담는다. 복사꽃으로 피어난 무대 뒤로 시청 아트홀에 문을 연 시화전의 나비는 시가 되어 가을 하늘로 날아오른다. 짧은 입맞춤은 짧아서 더 애잔한 것일까. 복사골 예술제 시 낭송의 밤은 문학과 음악과 무용이라는 예술이 알맞게 간을 맞춘 어울림의 잔치 마당이었다. 詩로 듣는 가을은 보는 가을보다 애잔했고 깊었다. 깊은 울림으로 온 시 낭송의 밤은 오래도록 내 기억 속에 남을 것 같다.

* 박인환의 〈목마와 숙녀 중〉, 문정희의 〈비망록〉 중
* 정호승의 〈연어〉 중

〈부천 복사골 예술제 시 낭송의 밤 스케치〉

나는 누구에게 우산이 되어 주었을까

우산(umbrella)은 라틴어로 그늘을 뜻하는 '움브라(umbra)'에서 유래되었다. 고대 아시리아의 수도 니네베에서 처음 등장했다. 이후부터 19세기에 패션계를 정복한 파라솔에 이르기까지 방패같이 생긴 도구인 우산은 안락함을 상징했고, 귀족이라는 신분과 지위를 드러내는 것이었다.*

가랑비가 작달비가 되어 흐드러지게 마당에 피었다. 사랑방에 담겨 비 내리는 마당을 바라다보던 유년의 기억. 빗방울과 함께 튀어 오르던 흙 향기는 풋풋했고 어머니의 기운 같이 생명력을 뿜어냈다. 고향 생각이 문득 날 때면 유년의 기억 속에 작달비 소리가 들린다. 무심히 내리는 비의 정취에 취해 마당을 바라보던 어린 나를 떠올리곤 한다. 비 오는 날이면 흙냄새가 도시에서도 나지 않을까. 사랑방에 담겨 비 오는 마당을 물끄러미 바라보던 유년을 기억하며 우산을 쓰고 돌아다니기도 한다. 도시는 시치미를 떼고 무심하다.

우산을 쓰지 않고 빗속을 걸으면 무엇인지 모르지만, 신선할 것 같다는 생각이 들 때가 있었다. 실천에 옮기지는 못했었다. 우산 없이 빗속을 걷고 싶다는 객쩍은 생각을 한, 여름날 칸나 생각을 하며 빗속을 걸었다. 누군가는 여름 한 날 넓은 칸나 잎에 빗낱 떨어지는 운치가 좋아 봄부터 알뿌리를 집 뜰에 심어 가꾼다고 했다. 칸나 잎이 되어 보고 싶었을까. 세차게 내리는 비를 맞으며 사거리에서 집까지 이십여 분을 걸었다. 스무 몇 살, 공주에서 살 때의 일이다. 멋진 빗방울이 음악처럼 아무런 불편 없이 스며들 줄 알았다. 으슬으슬 춥고 비에 젖은 옷의 감촉이 을씨년스러웠다.

우리 마을엔 초등학교 동창들은 열댓 명 있었다. 남자 둘에 여자애들이 많았다. 어찌 된 일인지 상급학교 진학은 남자애 하나, 여자 둘만 진학했다. 1960년대 말 충청도 두메산골의 상황은 말하지 않아도 어려운 시절이었다. 그런 와중에 여자애 둘이 중학교에 다니게 되었으면 끈끈한 우정으로 지냈을 것 같은데 둘은 그러지 못했다. 짧은 소견으로 옹색했던 마음이 친구를 품지 못했다. 서로의 간격을 메우지 못하고 물과 기름처럼 섞이지 못했다. 하교하는 길은 학교 앞 신작로를 건너 십 리 가까이 둑길을 걸어야 했다. 시냇물이 휘돌아 가던 그곳. 논에서 뜸부기가 울어대던 유년의 기억 저편에서 가끔씩 툭 치듯 튀어나오는 그곳, 둑길의 기억이다.

그날도 학교가 파하자 친구와 둘이 둑길을 걸어서 집으로 향했다. 추적추적 내리는 빗소리만 들렸을 뿐 둘은 침묵을 지켰다. 굳이 할 말이 없었다. 돌멩이 굴러가는 것만 보아도 깔깔거린다는 중학교 시절, 지금 생각해 보아도 사춘기 여학생들의 멋쩍은 동행이지 싶다. 그날따라 나는 대오리로 살을 만들고 기름먹인 종이(紙)를 발라서 만든 지우산을 쓰고 있었다. 그 애는 쇠로 만든 살에 방수 처리한 헝겊을 씌운 우산을 쓰고 있다. 우산으로 떨어지는 빗소리만 둘의 존재를 알려 줄 뿐 침묵으로 걷던 둑길은 시냇물 소리조차 움츠러들었다. 말없이 걷다가 힐끗 우산을 올려다보았다. 지우산이 구멍이 숭숭 나 있는 게 아닌가. 그 애의 우산 쇠끝이 젖은 지우산을 침범해 구멍을 내고 있다. 그 아이한테 내 우산이 망가지고 있으니 조심해 달라고 말하지 못했다. 속 타는 마음을 대신해 침만 꼴깍 삼켰다. 그 애는 지우산을 망가뜨리는 것을 알면서도 그냥 두고 보고 있었을까. 내 의견을 제대로 말 못 했던 그 시간이 길고도 우울했다.

딸아이가 초등학교 다닐 때였다. 점심때부터 비가 내리기 시작했다. 당연히 우산을 갖다주는 게 엄마의 할 노릇 아닌가. 그것도 집에 오도카니 있으면서 말이다. 딸의 마음을 엿보고 싶었을까. 비를 맞아 봐야 될 것 같은 나의 편견에 딸아이는 비를 쫄딱 맞고 왔다. 세상 살아가는데 그런 경험을 해 봐야 남들의 어려움도 이해하고 이웃에게 우산이 되어 줄 마음을 키울 수 있을 것이라 생각했다. 그런 턱없는 생각을 딸은 깨부수었다. 집에 도착한 딸은 엄마가 집에 있으면서 우산도 갖다주지 않았느냐며 따지고 서럽게 울었다. 나중에 커서 보자는 말까지 덧붙였다. 아차, 싶었다. 어린것이 비 맞고 오면서 엄마를 얼마나 원망했으랴. 지금 생각해도 어처구니없는 생각이었다. 비를 맞으면 엉켜 있던 마음들이 씻겨 나갈 줄 알고 우산도 팽개치고 한참을 걸었던 기억이 그리 유쾌하지 못했다는 생각이 미치자, 딸아이에게 더욱 미안했다.

비는 하늘이 내려오는 것이다. 하늘이 내려오고 있다. 비 내리는 창밖을 응시한다. 나를 돌아다보았다. 나는 누구에게 우산이 되어 준 적이 있나 되짚어 생각에 잠긴다. 영원한 우산이었던 부모님이 비가 내리는 저녁 무렵이라 그런지 새삼 그리운 날이다.

* 다음백과에서 인용

간이역, 그리고

흔들리는 뱃전에 몸을 기대고 하늘을 본다. 갈매기 두어 마리가 원을 그리며 하늘을 난다. 연안 부두는 오늘도 어디로인지 가고 오는 사람들로 만원이다.

길 입구는 좁다랗다. 길옆의 집들은 홍역을 앓고 난 오누이처럼 낮은 추녀를 서로 의지하듯 이어져 있다. 상가라고 부르기엔 역부족인 집들이 쭉 이어져 있다. 생활용품을 비롯해 아름다운 색깔로 피어난 조화를 팔고 있다. 자연적인 색감보다 조화의 색감이 더욱 사실적이라 애처롭다. 이곳은 세상으로부터 유배된 천형의 병인 나병 환자들이 하나, 둘 모여들기 시작하면서 마을이 형성되었다. 그들의 생이 다하면 기억할 만한 이별의 의식이나 절차도 없이 땅에 묻게 되면서 공동묘지가 되었다. 산꼭대기부터 평지까지 무덤으로 빼곡하게 들어찬 괴괴한 모습이다. 회색 띠를 두른 하늘이 낮게 내려와 산과의 경계선을 허물어 버린 평지에 화장터까지 자리하고 있다. 아기의 관 같은 조그마한 운구가 하나 들어왔다. 아이는 무슨 연유로 바쁘게 생을 마감해야 했을까.

6호실로 들어가셨던 시고모님 흔적이 나왔다. 마스크를 쓴 남자가 말없이 쓸어 담는다. 남자는 유골함에다 유분을 담아 말없이 가족에게 안긴다. 화장터에서 수습한 유분을 싣고 도착한 연안 부두에서도 우린 한참을 배를 기다려야 했다. 얼마쯤 지났을까. 배를 타러 선착장으로 갔다. 연안 부두에서 이십여 분 바다로 나갔다. 부표가 둘러 있는 곳이 시고모님 유분이 뿌려질 곳이다. 찰랑대는 바다 표면이 문득 천 길 암벽으로도 변했다. 다시 아름답기까지 한 산자락으로도 변한다.

바다 위에 미동 없이 앉아 있던 물새 한 마리가 날개를 펴며 하늘로 비상한다. 나는 미처 내 어머니에게 마지막 작별 인사도 제대로 못 한 오래전 기억을 떠올리며 "고모님 평안히 가세요." 아직도 온기가 가시지 않은 시고모님의 마지막 모습을 바다 위로 뿌린다. 가족들도 한 사람씩 작별인사가 끝나고 마지막으로 남은 유분과 유골함을 바다에 던진다. 배는 아무 일 없다는 듯이 제자리를 한 바퀴 뺑 돌고는 털털대며 물길을 가른다. 장례의식이 여럿 있지만 바다-장은 처음이었다. 바다-장으로 장례를 치르면 깔끔하겠지만 남은 유족들은 고인을 추억해야 될 장소가 없어 서운하지는 않을까.

시아버님의 형제분들은 4남 1녀이다. 명절을 명절답게 보내지 못하는 우리는 시고모님 댁을 찾곤 했다. 시부모님을 대신해 명절이면 맛깔난 음식을 해 주시던 시고모님이다. 시고모님의 명절 음식은 특별났다. 만둣국, 빈대떡 등 이북 토종음식의 그 맛은 오래오래 잊히지 않는 진한 맛이다. 아버님 형제분들은 집안 대소사에 만나면 육이오전쟁 때 모진 고생을 하며 피난 나오던 얘기, 고향에 두고 온 아흔아홉 칸짜리 기와집에 사시던 얘기, 백(百)을 채우고도 넘치던 이야기들이 끝이 없으셨다. 피눈물로 고향을 등져야만 했던 한국전쟁 이야기는 영화 속의 이야기 같았다. 육이오전쟁 통에 잠시 머문다고 생각하고 살림을 펼쳤던 연평도의 시부모님은 자주 찾아뵙지 못했다. 섬이라는 상황이 마음 편히 다닐 수가 없었다. 그러하기에 명절이면 시고모님의 음식을 맛나게 먹었던 그 맛을 잊을 수가 없으리라.

육이오전쟁 통에 잠시 짐을 꾸리고 피난처에 올랐을 시댁 어른들의 어려움을 어림짐작으로 손꼽아 본다. 잠시 지상에 머물며 누구나 형편에 기울지 않고 거룩한 생을 영위해야 하는 것은 하늘의 뜻이 아닐까. 원하든 원하지 않든 간에 부유하며 살아가는 작은 섬 같은 존재들, 우리들이다. 삶이라는 간이역에 잠시 머문 모두는 언제든 가던 길을 멈추고 떠날 준비를 하고 사는 나그네들이다. 갈매기 끼룩끼룩 파란 하늘로 날아오른다.

엘리베이터

엘리베이터 소리가 수상하다. 신체에 이상이 있는지 몸을 트는 소리를 낸다. 천장의 등도 한쪽 눈을 감아 엘리베이터 안이 어슴푸레 할 때도 있다. 엘리베이터를 이용해야만 집을 수월하게 드나들 수 있으니 조그만 소음과 어둠에도 민감해진다. 1기 신도시인, 중동 신도시가 형성되면서 부천시라는 마을에 둥지를 튼 세월이 적지 않다. 긴 시간 엘리베이터는 주민을 담고 동고동락했으니 몸의 고단함을 말하는 비명은 당연한 현상이지 싶다.

부천의 중동 신도시 마을은 논농사, 밭농사짓던 터줏대감인 농부들은 정부의 보상금을 받고 다른 둥지를 찾아 어디로인가 떠났다. 외지인들이 신도시라는 이름 아래 아파트 숲으로 변해버린 곳에 모여들었다. 도시를 흔들어대며 비좁은 땅을 비웃기라도 하듯 수직으로 올라가는 아파트는 키 재기를 하듯 하늘을 향해 차례 걸음으로 들어섰다.

어느 날 무심결에 뒤돌아보니 정서를 무력화시켜 버린 초고층의 건물이 저돌적으로 다가온다. 건물은 하늘 높은 줄 모르고 솟구치면서 도시인들의 욕망도 건물의 그림자가 되어 가는 것은 아닐까. 어디를 둘러보아도 불빛은 화려하지만 느림의 풍경은 흔치 않다. 밤의 수문장이 되어 버린 도시의 불빛은 좀처럼 어둠을 허락지 않는다. 밤이 길어 어머님하고 옛이야기 나누던, 세월을 더디 가게 하던 시절이 있긴 있었을까. 시절을 따라잡지 못하는 도시의 나그네들은 움츠리고 음습한 귀퉁이에서 고공행진을 하는 엘리베이터처럼 신분이 상승하는 꿈을 가슴에 품고 살고 있지는 않을까. 언제부터인가 우리의 꿈은 도시의 유령처럼 떠돌다 허망하게 져 버리는 무지개 같은 것은 아니었을까. 고층건물의 필수 이동수단인 엘리베이터에 생각이 머물다 보니 의기소침해지는 꼴이다.

괴물처럼 하늘 중간쯤 걸쳐 있는 듯한 주상복합 아파트를 올려다보며 추억 하나를 떠올려 본다. 결혼 전, 지방 도시에 살다가 직장 이동 근무로 서울에 올라오게 되었다. 그때 친구와 막 탄생한 백화점의 엘리베이터를 타고 꼭대기 층 전망대를 올라간 짜릿한 기억이 있다. 전망대에서 함박스테이크 먹으며 무엇인지 모르나 멋진 세상을 열어 줄 것 같은 서울 도심 한복판을 내려다보았다. 큰 도시는 잘 왔노라고 인심 좋은 인상으로 손짓하는 줄 알았다. 몇 층이었는지 기억은 가물가물하지만 백화점 전망대에서 이제 우린 시골 촌뜨기는 아니라고 속으로 통쾌한 쾌재를 불렀던 기억이 있다. 도시의 한복판 명동 거리를 내려다보며 화려한 미래를 꿈꿨다. 꿈이 내 것인 양 가끔은 엉뚱한 꿈을 꿀 때가 있다. 날이 밝으면 어둠이 사라지는 것처럼, 남루한 신기루인 것을 알면서도 밤이면 종종 꿈의 보따리를 푼다. 수직 상승하는 도시의 건물을 따라붙는 욕망의 공허한 그림자는 나에게도 도사리고 있다.

도시의 귀퉁이는 아프다. 아픈 채 휩쓸린다. 세상에서 밀려나거나 무리에서 이탈한 노숙자들은 도시의 그늘에 나뒹굴어져 있다. 가치 없는 생선과 닮은 꼴로 아무렇게나 있다. 서넛, 대여섯 명 또는 혼자 엉켜 있다. 담배를 피워 물고 무심히 연기를 내뿜는 사람, 양말조차 신지 못한 상처투성이의 발을 내놓고 있는 사람. 노숙자들은 그냥 그들은 그들끼리 엉켜 산다. 쪽방촌은 온기 없는 날로 도시의 그늘진 사람들을 담고 살아간다. 극과 극의 차이는 심해져 이제는 따라잡을 수 없는 양분의 길로 나뉘었다. 열심히 일한다 치더라도 선망의 대상인 신분을 흉내도 못 낸다. 한 계단 한 계단 저축하듯 가치를 향해 올라가기보다 엘리베이터 같은 무엇인가에 힘을 실어 신분 상승을 꿈꾸는 나는 즐비하게 널려 있는 것 같다.

오늘도 엘리베이터는 몸살을 앓으며 운행한다. 더러는 알듯 모를 듯 그리 낯설지 않은 사람을 엘리베이터 안에서 만난다. 선뜻 인사도 아니요, 그렇다고 인사 아닌 미소를 지으며 애꿎은 거울이나 램프가 들어온 층수의 숫자만 올려다본다. 마음을 열면 다른 곳이 보이련만 정이라는 문을 내가 먼저 닫아 버리는 격이다. 이웃과 의사소통이 단절되듯 바쁘게 돌아가는 우리는 모두 낯설어하면서, 그리워하면서 이 도시에 살아갈 것이다. 오래전 엘리베이터를 타고 올라간 백화점 전망대에서 명동을 바라보며 무지렁이가 아니라고 생각했던 나를 오늘은 사랑해야 할 것 같다.

그가 내 이름을 불러 주었다

서귀포 앞바다는 해거름에 보이던 섬마저 애인처럼 껴안고 잠들었다. 잠이 오지 않아 발코니에 나가 형체도 알 수 없는 밤바다를 물끄러미 바라보고 있다. 호텔 식당에서 저녁을 먹으며 보았던 종려나무들과 야자수가 어둠 속에 잠겼다. 종려나무 앞에 논이 있었나. 개구리 우는 소리가 들렸다. 닭 울음소리도 이따금 추임새를 넣는다. 밤바다에서 들려오는 듯 개구리 울음소리는 열여덟의 여고생으로 되돌렸다. 공주에서 대전 가는 길. 어둠이 내리는 신작로를 버스는 통통거리며 달렸다. 집에 왔다 대전 자취집으로 가는 길이면 매번 호된 자동차 멀미를 했다. 그때 신작로 옆으로 모를 심은 논이 쭉 이어져 있다. 논에는 개구리들이 옆집 뒷집 다 모여서 합창대회를 하는지 울음소리가 우렁차게도 들렸지만, 이내때문이었는지 가장 슬픈 소리로도 들렸다. 고향 집의 삶에 찌든 부모님 생각으로 눈물, 콧물을 흘리며 대전으로 향하곤 하던 여고생은 지금 여행자가 되어 개구리 울음소리에 옛날을 버무린다.

귀포 밤바다가 파도 소리도 들려주지 않으며 침묵한 탓일까. 마음을 뒤척였다. 어둠의 바다는 여행자에게 이방인은 아니냐는 듯 눈을 흘기는 것 같기도 하고, 어깨를 토닥이며 이름을 친근한 목소리로 부르는 것 같다. 밤바다를 물끄러미 바라보다 지금까지 달려온 것이 나에게는 무엇일까. 내일은 어떤 것일까. 공(空)은 아닐까. 같이 사는 남자에게 나는 무엇으로 남는 여자일까. 물음을 밤바다에 던져 본다. 유월의 밤바다에서 불어오는 바람은 서늘했다. 가운을 걸치고 시간을 낚으며 밤바다를 물끄러미 바라본다. 좋은 것만, 좋았던 것만 생각하자고 밤바다를 향해 나를 위무하듯 호명했다.

우도를 갔다. 우도를 한 바퀴 돌고 바다 쪽 끄트머리에 있는 생선 횟집에 발길을 멈췄다. 아예 눌러앉을 생각인가. 시간 가는 줄 모르고 킬킬대며 생선회에 소주잔을 기울이는 친구 부부와 같이 산 남자를 바라본다. 순전히 이름을 불러대며 경계선 없는 농담을 주고받고 싶어 뒤따라온 친구 부부. 오늘 이들은 헤어져 있었던 시간만큼 소주잔을 기울이고 이름을 불러댈 것이다. 물끄러미 바라보다 흥건히 취해 있는 그들의 모습에서 세월의 흔적을 본다. 부부가 되어 산다는 것이 어떤 것이라는 것을 곱씹을 나이다. 바다처럼 에메랄드빛과 같은 때도 있었겠지, 칙칙하기만 했겠는가. 한 잔의 소주를 목으로 넘기며 칙칙한 생각도 삼켜 버린다.

제주 여행을 안내할 택시기사의 예약을 내 이름으로 했다. 천주교 사도회에서 운영하는 분이다. 여자들끼리 여행하는 것으로 오해했을까. 제주 공항에 도착한 여자는 같이 산 남자가 늦장을 부릴 때 공항 출구를 부리나케 빠져나갔다. 두리번거리며 안내할 택시를 찾았다. 대기하고 있던 택시기사는 나와 눈이 마주치자 “수연 씨”라고 불러 주었다. 어딘가 텅 비었던 마음의 허를 찌르듯 이름을 불러 준 택시기사에게 여자는 긴장한 걸까. 심장이 꿈틀했다. 누가 나를 ‘수연 씨’라고 다정하게 불러 준 것이 언제일까. 아니면 같이 산 남자가 “수연아”라고 불러 준 것은 언제일까. 그 한마디의 파문은 쉽게 가라앉지 않았다. 제주도를 여행하는 내내 그 소리는 귓전에서 떠나지를 않았다. 매력적이지도 않았고 멋지지도 않았던, 우리 여행을 안내한 택시기사인 그가 ‘수연 씨’라고 단 한마디 불러 주던 것을 버리지 못했다.

딸아이 돌잔치 하던 날이 생각났다. 초대한 손님들이 있음에 항상 해 왔던 것처럼 여자 이름을 부를 수가 없자 같이 산 남자는 누구 엄마로 불렸다. 주방에 있던 나에게는 그 소리가 안 들렸다. 왜냐하면, 나는 이름을 가진, 여태 이름을 불러 주는 그 남자가 있었기 때문이다. 아이를 낳고 키우고 하는 사이 우리는 없었다. 누구 엄마, 아빠로 불렸다. 이름을 까맣게 잊고 살았다. 기사분이 불러 준 내 이름에 꿈틀대던 가슴 언저리, 세월에 퇴색해 버린 모든 관계에 대한 적절한 해답은 이름을 불러 주는 것만 같았다.

밤바다를 뒤로하고 발코니에서 방으로 들어왔다. 이불을 차 버리고 잠든 남자를 물끄러미 바라본다. 여자는 남자에게 얼마나 헌신하고 살았을까. 그 남자의 이름을 다정하게 불러 준 적이 있었는가. 서로가 춥게만 느껴지던 시간을 남자만의 탓으로 돌리지는 않았을까. '수연아', '수연 씨'는 이제 몸에 맞지 않는 옷이 아닐까. 외롭게 서 있는 나를 물끄러미 바라보며, 잠든 남자의 모습을 측은지심의 마음을 실어 품는다. 이불을 덮어 주며 "당신, 잘 자요. 그동안 나와 함께 사느라고 힘들었지요." 귓속말로 전하며 쓴맛의 시간을 삼켰다.

멀리서 날아온 산문을 읽다

지인으로부터 수필집 한 권을 선물받았다. 《슬픔은 발끝부터 물들어 온다》라는 수필집이었다. 제목을 보자 어쩌면 사람의 감정 같은 것은 신체 부위 가장 끝자리에서부터 들고일어나는 것은 아닐까 하는 생각이 들었다. 수필 제목도 1부는 똥, 별, 징, 껌, 침, 숲 등등 외자로, 그것도 사람에 따라 듣기에 거북스러운 제목도 있어 남다른 수필집 같았다. 오랜 이민생활로 마음속에 담아 놓은 모국어의 그리움을 시로 달래고, 수필로도 위무하며 살았을 그의 글은 쉽게 책을 놓지 못하게 했다.

그중에서도 껌이라는 제목의 수필은 많은 생각을 하는 글이었다. 자본주의 세계에서는 돈이 모든 것의 잣대가 될 수도 있다. 그 사람의 인격, 존경의 대상이 되는 사람이 될 수도, 자신의 치부까지도 덮어 줄 수 있는 마력이 있는 것이 돈은 아닐까. 한번 그 맛을 알면 절대 빠져나올 수 없는 힘을 가진 돈. 김은 자라는 작가가 이민생활에서 만난 한 여인의 삶을 껌에 빗대 쓴

글을 읽은 마음이 총 맞은 기분이었다면 넘치려나. '껌을 참 맛있게도 씹던 여자를 한 명 알고 있다'라는 초반부의 글은 우둔한 나에게 어떻게 하면 껌을 잘 씹을 수가 있지? 하는 의문이었다. 싱싱한 과일같이 생긴 백인 여자는 사는 것이 껌 씹는 것처럼 쉬워 보였을까. 청초한 수선화를 닮은 여자라고 생각한 적도 있었다고, 작가는 그녀를 그렇게 표현했다. 남자가 많다는 주위의 수군거림에도 흔들림 없이 당당하게 살아가는 백인 수간호사.

껌은 단물이 빠지면, 빠지기도 전에 뱉어 버릴 쓰레기는 아닐까. 껌을 환치의 수단으로 생각했을지 모르는 백인 여자는 부副를 위해 스무 살의 꽃다운 나이로 첫 번째 껌으로 45살이라는 보석상 남자와 결혼한다. 작가는 백인 여자가 선택한 남자들을 껌으로 비유했다. 한 번 씹어 단물이 빠지면 입속을 거추장스럽게 해 뱉어 버려야 시원한 쓰레기 같은 것. 백인 여자의 선택을 껌에 비유한 작가의 발상은 참으로 발칙하기까지 하다.

가끔은 나도 복권을 살 때가 있다. 나의 짓무른 삶도 뭉개버리고 무지개다리를 타고 건너서 다른 삶을 사는 꿈을 꾼다.

되잖게 마음속으로 계산을 하며 당첨이 되면 동생에게 얼마를 떼어 준다고 맹세까지 한다. 구질구질한 삶을 버리라고, 동생을 위해서 복권을 구입하는 것이라고 핑계 아닌 핑계를 대며 낯간지러운 내 행동을 합리화하기에 급급하다. 맞다. 껌처럼 씹다가 뱉어 버릴 그런 쉬운 삶이 있다면 내 입안의 침이 설령 마른다 한들 못하랴. 껌을 버릴 곳이 마땅치 않을 때는 내가 뱉어 버린 껌도 받아 주고 스스로 달콤한 껌이 되어 주는 그런 남자는 어디 없을까. 알고 보면 사는 것도, 생각도 도긴개긴이련만.

결국 백인 여자는 다섯 개의 껌을 선택했다. 네 번째 껌까지는 그녀의 욕망의 전차를 가득 채워 주었다. 배우 출신 백수의 껌을 만나기 전까지는 그녀는 그의 생각이 옳았다고 했을지 모른다. 부의 욕망을 채운 그녀는 시들어 갔다. 입안의 침도 점점 말라가고 윤기 없어지는 자신을 볼 때마다 싱싱한 과일 같은 껌을 씹고 싶었는지 모른다. 그런 껌에 자신을 불태우고 싶었을까. 사위어 가는 육체를 볼 때마다 네 개의 껌으로 얻은 부를 다 살라 버린다 하여도 육체의 욕망을 채우고 싶어 안달했는지 모른다. 성형외과를 다니고 딱 붙는 스키니진도 마다하지 않았다. 젊은 남자의 품이 그리워 결혼의 굴레를 벗어 버린다.

자신이 낳은 딸도 버린다. 그런 그녀에게 남은 욕망은 푸른 껌을 요동치게 씹고 싶었는지 모른다. 생이 다한 사람들에게 생의 욕심이 더 강하게 끌어당겨지는 것처럼. 이 어찌 오호! 통재라 아니 할 수 있겠는가. 끝없이 붙어 다니던 그녀의 욕망은 영혼도 팔아 버린, 결국은 폐기 처분된 쓰레기 같은 것이다. 다섯 번째 껌으로 백인 여자는 자신의 생을 마감했다. 총 한 방에 지구 밖으로 내뱉어진 여자. '단물이 빠진 껌에는 흉측한 이빨 자국이 박혀 있었다. 죽어 가며 알았으리라. 씹힌다는 것이 얼마나 처절하다는 것을.'

나도 입안이 텁텁하고 입냄새가 나면 껌을 습관처럼 씹곤 한다. 입냄새가 단숨에 사라지기도 하여 입안이 상큼해지는 기분을 안다. 들춰 보면 폐부에서 너도 달콤한 껌 하나 찾아보렴, 하고 속삭이고 있을지 모른다. 씹고 싶은 욕망이 있을지 모른다. '껌을 씹으면 턱관절이 움직여 엔도르핀이 분비된다고 한다.' 허나 씹고 뱉음을 쉽게 생각해서는 안 된다는 작가의 메시지는 마음을 무겁게 한다. '그녀를 아는 사람들은 그 일이 있은 이후 껌을 보지도 찾지도 않았다는.' 작가의 끝 맺음말을 타산지석으로 삼는다.

오랜 이민 생활로 외로움 속에 모국어를 그리워하며 시를 쓰고 산문을 쓰는 작가를 만난 건 나에게 네잎클로버를 찾은 기분이었다. 뉴욕 어디에서 바쁘고 즐겁게 사는 작가여, 외로워 말고 좋은 글 많이 생산해 고국으로 실어 보내길 기원한다. 여기 당신의 글을 흠모하며 당신 글을 닮고자 고군분투하는 당신 나이만 한 여자가 있음을 알아주기를 바라며 맺음을 한다.

소사나무 분재

내가 처음 이 분재를 만난 것은 여름휴가 때 시댁에 갔을 때이다. 소사나무 분재의 모습은 마치 울울창창한 숲에서도 군계일학처럼 자태가 수려했다. 소홀히 대할 수 없는 당당한 모습이었다. 소사나무 분재는 거실에 있다. 연초록 잎사귀가 불어오는 바닷바람에 가녈가녈 흔들리는 모습은 교태를 부리듯한 춤사위를 보여 주었다. 작은 모습이지만 꾸밈없는 자연의 큰 힘을 분출해 내고 있다. 갖고 싶었다. 소유하고 싶은 마음이 간절했다. 손님으로 오시는 분들도 하나같이 욕심을 냈다. 값을 두둑이 쳐 드릴 테니 팔라 해도 아버님 성정에 어림없는 얘기였으리라. 소사나무 분재를 차지하고 싶은 내 속내를 감히 드러낼 수가 없었다.

소사나무 분재는 산에 산책하러 나가셨던 아버님 눈에 띄어 집에 옮겨 심게 된 것이다. 바위틈에 뿌리를 내려 살아 보겠다고 얼굴을 내민 것이 큰 나무로 자라지 못하고 밑동에만 세월을 쌓아 앉은뱅이 나무가 되었다. 스스로 분재 모습으로 자라게 된 것이다.

시댁은 인천 연안 부두에서 배를 타고 2시간을 가야 하는 연평도이다. 지척으로 이북 황해도 고향이 보이는 피난민들이 주로 모여 사는 섬이다. 전쟁이 끝나면 곧 고향으로 돌아가야 한다는 일념으로 엉거주춤 살다가 고향 아닌 고향이 되었다. 잠시 살다 돌아가리라 보따리 푼 곳이 가슴에 옹이 박힌 채 뿌리를 내리게 된 곳이다. 작은 소사나무가 바위틈에 뿌리를 내려 자연에 순응하며 앉은뱅이 나무가 되듯 마음을 반쯤은 고향에 반쯤은 연평도라는 낯선 섬에 닻을 내린 것이다.

몇 해 만에 시댁에 갔다. 직장 일에 바쁘고 날씨가 허락해야만 갈 수 있는 뱃길이고 보니 아버님을 자주 찾아뵙지를 못한다. 시부모님의 육지로 외출도 집안 대소사 일이나 있어야 가능한 일이다. 화초를 자식같이 키우는 어머님은 집 뒤 뜰을 화원으로 만들어 봄부터 가을까지 꽃들이 피고 지고 한다. 내 속셈은 꽃들은 뒷전이고 소사나무였다. 시간이 지나며 어떤 모습으로 자라서 푸른 미소로 유혹의 눈길을 보낼까 궁금했다. 그런데 이게 웬일일까. 예전에 당당한 모습이 아니었다. 기품 있는 예전의 모습은 간 곳이 없었다. 사연이 궁금했지만, 속내를 드러내는 것 같아 곧바로 여쭈어볼 수도 없는 처지었다.

아버님은 화초들의 겨울나기는 지하실이 안성맞춤이라고 소사나무를 겨울이면 지하실로 이사를 시키신다. 그해도 마찬가지로 소사나무가 겨울을 잘 견뎌 내라고 지하실로 이사시킨 것은 꼼꼼한 아버님 성격에 당연한 일이셨으리라. 소사나무는 가지가 두 개로 갈라져 있는데 하나는 밑동이 굵고 연륜이 꽤 있어 보이고 하나는 닭다리 모양으로 가늘다. 굵은 밑동이 쥐들의 집이 되어 신방까지 차려 새끼들을 낳아 키울 줄은 모르셨단다. 겨울을 피신시킨 것이 아니라 쥐들의 둥지를 만들어 준 격이니 소사나무가 제 몸 내주고 고사목이 돼 버렸던 것이다. 다행히 닭다리 모양새의 가지 하나는 봄이 되면 연신 잎사귀들을 피워 내고 새로운 가지들을 밀어내 고사목이 된 밑동하고 어우러져 아쉽지만, 소사나무 분재 역할을 그런대로 해내고 있다. 그때 소사나무 분재가 내 차지가 된 것이다. 내 속내를 알아채신 아버님은 상처 난 소사나무를 건네주셨다.

소사나무는 봄이 되면 새잎들을 의기양양하게 내놓을 양으로 조그마한 눈들을 가지 안으로 감추고 겨울 동안 조금씩 바깥세상을 살핀다. 바깥 기온을 알아채고 조심스레 아기 손 같은 잎들이 조막손을 펴며 봄을 맞는다. 잎들이 무성하게 자라고 채광에 따라 연초록 잎들의 명암이 변해 간다. 7월 초쯤 나는 가지에 달린 잎들을 매몰찬 것 같지만 가차 없이 훑어 실오라기 걸치지 않은 맨몸을 만들어 놓는다. 생명력 강한 소사나무는 보란 듯 더운 여름인데도 자신이 옷 벗은 줄을 어찌 알고 새잎들을 내밀기에 연신 바쁘다. 소사나무는 봄을 두 번 맞이하는 새색시 꼴이다. 기승을 부리던 더위가 꼬리를 내리면 소사나무 잎은 가을을 앓기 시작한다.

아버님은 오랫동안 만성 기관지염을 앓으셨다. 연세가 많아지시면서 숨이 차 고통스러워하시는 모습을 뵙기에도 안타까웠다. 여든둘 되시는 그해는 당뇨병까지 아버님을 힘들게 했다. 고향을 지척에 둔 연평도에 닻을 내리신 지 수십 년이 흐른 그해 9월 정들고 사연 많은 연평도 섬을 접으시고 부천으로 나오셔야 했다. 이듬해 봄에 월드컵 축구 경기로 온 국민이 열광의 도가니로 빠졌을 때, 아버님은 중환자실에서 만성 기관지염에다 폐렴까지 겹쳐 힘들게 병마와 싸우고 계셨다. 아버님의 면회를 하고 중환자실을 나오는 아들을 그날따라 고개를 돌려 쓸쓸하게 바라보시던 그 모습이 마지막이 되셨다.

소사나무 분재는 봄이면 어김없이 제 역할을 충실히 해낸다. 가지치기도 하고 물을 주고 흙을 갈아 주고 한다. 몸살 한 번 앓지 않고 잘 자라 주니 감사하다. 더러는 마주 앉아 덧없는 하소연을 털어놓기도 한다. 소사나무 분재하고 동거를 그냥 단순한 동거라 생각하진 않는다. 시아버님하고는 정을 새록새록 쌓을 만큼 가깝지도 멀지도 않은 얼마 안 되는 세월이었다. 섬이라는 환경이 그렇게 자주 뵐 시간을 허락하지 않았었기 때문이다. 소사나무에서 하얀 모시 적삼을 입으셨던 아버님의 기품있는 모습을 본다. 이제 아버님은 가시고 안 계시지만, 소사나무의 푸름 속에 아버님의 생전의 그림자를 만난다. 명지바람에 몸짓을 하는 소사나무 잎을 무심히 바라보다 문득 공원묘지에 영면하신 시아버님을 생각해 낸다. 밑동을 쥐에게 내준 소사나무처럼, 어려운 이웃들에게 정을 베풀고 사시던 아버님을 늦은 지금에야 며느리로서 제대로 역할을 했나 뒤돌아보게 한다.

* 제6회 부천신인문학상 수상작

지금, 나는

지금 나는 제법 우쭐거렸던 때를 그리워한답니다. 내가 근무하던 곳은 사람을 만나야 하는 직장이었기에 그 도시에서는 얼굴이 조금은 알려지기도 했지요. 작은 도시에서 나는 어쩌면 일거수일투족이 감시당하는 느낌도 있었지요. 몇 발자국 걸어가면 알아보는 사람들이 더러 있었답니다. 좋은 점은 어디를 가더라도 VIP급은 아닐망정 적어도 무시당하지는 않았지요. 연극 티켓을 예매했다고 같이 보러 가자 한, 타지에서 온 대학생도 있었지요. 우쭐거리는 마음이 컸었던 탓인지 연극이 끝난 후 집에 와 보니 손에 있어야 할 지갑은 잃어버렸지만 말이에요. 치과병원에 가도 의사선생님들마저 상냥하게 대해 주었거든요. 다른 사람들은 걸어가는데 평면의 에스컬레이터를 타고 간다고 표현하면 맞을까요. 해프닝도 있었답니다. 동네 친척 아저씨의 맞선 보는 자리에 나갔다가 내가 맞선을 보았다는 터무니없는 소문도 나돌았으니까요.

지금 나는 이 도시에 오기 전인 여고생일 때를 생각한답니다. 대전 가는 길을 떠올리고 있지요. 나는 그때 많이 슬펐답니다. 대전과 공주의 거리만큼 생활환경의 차이는 내 감수성이 감당하기 힘든 것이었나 봅니다. 고향은 언제든지 내게 포근하게 감싸 준다고 오라 했지만, 그 약속은 지켜지지 않았답니다. 고향 집을 나설 때는 다시 오고 싶지가 않았지요. 삶에 찌든 어머니의 얼굴도 보고 싶지 않았고, 뭐에 화가 났는지 큰 눈을 곱게 뜨지 않는 아버지로 언제고 벗어나고 싶은 곳이었거든요. 빨리 삼 년이라는 세월이 흘러 돈을 벌고 싶었습니다.

대전의 자취 집을 가려면 정안에서 빠져나와 공주시내 터미널에서 대전 가는 버스를 다시 타야 했어요. 대전 가는 길에는 논이 있었지요. 모를 낸 논배미에서 개구리는 어찌 슬프게 울어대던지 합창으로 대전에 도착할 때까지 같이 울었지요. 〈여고 시절〉의 노래처럼 날고 싶지도 않았고, 길게 늘어진 책가방을 팽개치고만 싶었지요. 한 가지 의외의 일도 있긴 있었네요. 등사실에서 학교의 잡일을 하던 청년 이야기거든요. 어느 날부터 그가 눈에 뜨이기 시작했어요. 끌림이랄까. 외모는 가물가물하지만, 자석처럼 끌어당기는 묘한 그의 느낌은 좀 어둡기도 했던 것 같고, 운동장을 가로질러 다닐 때는 걷는 게 아니라 신비한 물체가 땅 위를 날아가는 느낌이었어요. 그에게서 뿜어져 나오는 알지 못할 힘, 그런 것은 어디서 오는지 모르겠어요. 남몰래 그를 향해 애태웠답니다. 그런 감정을 나만 그렇게 느낀 게 아니었나 봅니다. 멋진 어느 선배 언니하고 사랑한다는 소문을 뒤늦게 들었지요.

지금 나는 꿈꾸고 있는지도 모른답니다. 금강 물줄기가 세차게 흐르던 그 도시가 그리워 한 발 한 발 디디며 지나가 버린 나를 줍고 싶답니다. 벚꽃이 날리던 공산성에서 젊음을 정지시킨 사진을 들춰내며 그때로 돌아가고 싶은지도 모르지요. 신은 참 야속하기도 하지요. 몸이 나이를 먹으면 생각도 나이를 먹어야 하는데, 생각은 강을 거슬러 올라가는 것 같아요. 다시 시간이 주어진다면 앞날에 대한 모든 선택은 탁월한 선택이 될 것 같은 착각 같은 것 말이에요.

지금 나는 사람들의 만남이라는 것을 생각하고 있답니다. 만남이란 우연도 있고 필연도 있지요. 우연이든, 필연이든 만남은 오래될수록 집에서 담근 장류처럼 맛이 나고, 값이 올라가야 하는데 서로가 서툴러서 그런지 삐꺽거리다 뒤틀리기 쉬우니 씁쓸할 뿐이죠. 모든 것이 나의 탓은 아닐까 하며 이제 나의 많은 것을 내려놓기로 했답니다. 어린 시절 굳어 버린 나의 정체성을 강물에 흘려보내려 한답니다. 내 안의 각을 둥글게 만들어 가고 싶답니다. 못 버리고 여태 끌어안고 살아왔던 어리석음이 언제쯤 깨어질는지 모르지만요. 지금 나는 조금은 나이든, 조금은 무디어진 감정을 가진 나이가 되었답니다. 마음은 여고 시절의 운동장으로 가 봅니다. 어두워 보이던 모습의 등사실에서 잡일을 하던 그에게 끌렸던 마음은 무엇일까 생각해 본답니다. 각진 나를 버린다면, 어두웠던 나의 마음마저 지워 버린다면 한 번쯤은 만나자고 할 용기도 생길지 모르잖아요. 지금은 우연이든 필연이든 어떠한 만남에 대해 두려움을 극복할 마음의 여유가 생겼기 때문이겠지요.

지금 나는 변해 버린 모든 것에 대한 생각을 멈추고 노래를 듣고 있답니다. 들어 보실래요. 조영남의 〈지금〉이란 노랫말 몇 소절 흥얼거려 봅니다.

'지금, 지금 우린 그 옛날의 우리가 아닌 걸 분명 내가 알고 있는 만큼 너도 알아/진정 사랑했는데 우리는 왜 사랑은 왜 변해만 가는지/아, 저만치 와 있는 안녕이 그다지 슬프지 않아 이 가슴에 엇갈림이 허무해 보일 뿐이지……'

환기, 향안 그리움으로 남다

환기와 향안의 생활을 엿볼 수 있는《우리들의 파리가 생각나요》책을 구입했다. 책 속에는 반갑게도 〈미드나잇 인 파리〉 영화에 대한 줄거리가 있었다. 영화를 본 것도 오래되었다. 어제 본 것같이 저자는 영화를 책 속에 서술해 놓았다. 파리에서 남녀 간의 사랑과 갈등을 영화로 그려 낸 것을 보고 파리에 가 보지 않았어도 파리의 향기에 흠씬 취했었다. 예술의 도시 파리의 골목골목 풍경을 영화는 내내 보여 주었다. 같이 영화를 본 친구에게 파리에 안 가도 되겠다고 농담을 한 적이 있다.

사간동에 있는 현대 갤러리의 환기 그림 전시회를 보러 갔다. 소녀들의 여름 나들이처럼 길상사를 들러 환기 미술관을 찾은 적이 있다. 가는 날이 장날이라 했던가, 마침 미술관이 수리 중이어서 관람을 못 하고 아쉬운 발길을 돌려야 했었다. 그날 못 본 그림을 보게 됐다. 2009년도 사간동 현대 미술관, 유홍준 교수의 한 시간 강의는 환기 그림에 대한 그림을 이해하는 데 많은 도움이 되었다. 환기 그림 전시회 다녀온 느낌을 적어 놓은 글을 이제야 여기 엮는다.

화실에는 연탄난로가 있었어
연탄난로 위에서
주전자는 수증기를 뿜아 올렸지
그건 새벽길에 일 나가는 어머니의 등에서 나는 입김이었는지 몰라
눈사람 하나 난로 옆에 있었지
달 항아리가 화실에 하나씩 채워지기 시작하고
매화꽃 가지 입에 물고 달 항아리는 하나씩 바다를 건넜지

눈사람 등 뒤에서도 입김이 나는 걸
본 사람이 있다는 소릴 듣기도 했어
다시 겨울이 오기 전
큰 그림을 그려야 한다고 말했어
눈사람은 파란 점들이 박힌 스카프를 두르고 둘렀지
은하수 같은 파란 별들이 막 쏟아져 내렸어
눈사람과 우리들은
'어디서 무엇이 되어 다시 만나랴'*

나는 그즈음, 다시 태어나면 붓과 물감을 벗으로 삼아 살고 싶다는 생각이 들었다.

영화의 한 장면인 주인공 길, 파리의 거리를 산책하다 방향 감각을 잃고 말았다. 말은 안 통하고 호텔은 보이지 않고 지쳐서 쉬고 있을 때 자정을 알리는 종소리가 들리고 클래식한 차 한 대가 길의 앞에 멈췄다. 차 안의 사람들이 어서 올라타라고 했다. 차는 시간을 거슬러 달렸다. 멈춰 선 곳은 1920년대의 파리였다. 헤밍웨이, 피카소, 달리가 있던 시절로 돌아갔다. 그것은 수화가 그리워하던 곳이었을 것이다. 주인공 길이 동경하던 시대였고 환기가 마음으로 그리던 풍경이다. 존경해 마지않던 예술가들과 꿈같은 시간을 보내고 다음 날 자정에도 클래식한 자동차를 타고 예술인들을 만나 꿈같은 밤을 보냈던 영화 주인공 길. 이상향이 달랐던 길과 약혼녀, 끝내 약혼녀와 헤어졌던 주인공 길. 피카소와 헤밍웨이의 뮤즈였던 여자를 만나고 사랑했으나 이루어지지 않았다.

〈미드나잇 인 파리〉의 영화를 본 것 중에 제일 가슴이 벅찼던 것은 길이 동경하던 예술인들의 만나는 장면이었다. 《우리들의 파리가 생각나요》 책을 읽으면서 수화와 향안의 파리의 생활이 겹쳐 보였다. 책을 읽기 전에는, 이상과 살았으나 이상이 요절함으로써 환기와 결혼한 향안이 어떤 여인이기에 한국의 대표 예술인들과 사랑에 빠졌을까, 하는 호사스러움에? 향안이 부럽기도 했다. 허나 향안의 그 마음속에 있는 예술의 혼을 감히 흉내 내 본다는 것이 얼마나 어리석음인지 책을 읽는 중에 깨달았다. 수화, 향안과의 사랑은 누구에게나 주어지는 그런 사랑은 아니라는 것을 알게 됐다. 같은 여자로서 향안의 남달랐던 예술의 깊이와 환기에 대한 사랑과 헌신을 존경하게 됐다. 환기도 환기지만 향안의 지혜를, 예술을 사랑한 그 마음이 남다르다는 것을 다시 느꼈다.

환기 그림 전시회를 다녀온 오래전 사실이 참으로 행복해졌다. 10여 년 사간동 현대 갤러리를 찾았을 때보다 환기, 향안을 만나는 지금이 더욱더 흥분되는 이유는 무엇일까. 유홍준 교수의 해설을 통해 김환기를 만난 한 시간, 현대 갤러리가 참으로 그리움으로 되살아났다. 향안의 집안 반대에도 불구하고 딸이 셋이나 딸린 남자를 선택한 그 여인의 생각을 어디로 끌어들였을까. 향안의 마음엔 이상을 선택한 그때부터, 그 전부터 예술에 대한 남다른 뜨거운 피가 흘렀을 것이다. 환기의 끈질긴 구애의 편지에 여자의 마음이 흔들릴 수 있다는, 향안의 마음이 싱그러웠다. 그림을 그리는 촌뜨기 같은 환기를 사랑한 향안. 그 이름까지 환기의 성과 호를 따라 지었으니 환기를 많이 사랑했나 보다. 파리에서의 환기, 향안 그 둘은 진정 행복했으리라. 정현주 작가의 《우리들의 파리가 생각나요》 글을 읽는 내내 향안과 수화가 보고 싶었다. 파리 곳곳의 골목에서 영화 주인공 길이 피카소를 만나고, 헤밍웨이와 달리를 만난 것처럼 향안을 만나고 환기를 만났을 정현주 작가가 부러웠다. 문득 파리에 가 보고 싶다는 생각이 들었다.

* 김광섭 시인의 시에서
* 《우리들의 파리가 생각나요》 중

우주로 갔을 거야!

"그때는, 할머니는 우주로 갔을 거야!" 갑작스런 녀석의 대답에 할 말을 잃었다. 할머니가 손자(55개월)에게 "아빠처럼 너도 나중에 커서 회사 다니면 할머니한테 용돈 줄 거지?" 하고 물었다. 느닷없는 녀석의 대답이 할머니는 우주로 가고 없을 거라고……. 할머니의 허를 찔렀다. 그때쯤은 어디로 갔는지 우주 여행을 떠날, 할머니를 녀석도 눈치챘나 보다. 당연한 이치를 두고 잠시 멍했다. 그래도 용돈은 우주로 보내 준다고 한 손자. "엄마가 알려 줬어? 우주가 있다는 것을 어찌 알았어?" 하는 할머니 질문에 "아니. 나 혼자 알았는데……."

우리 모두는 지구라는 섬에 잠시 머문다. 사람도, 지구도 우주의 섬이다. 우주를 말하기엔 모두는 미미한 존재일 거다. 우주 정복을 위해 우주 비행사도 있고 사람들이 우주를 여행할 날이 바로 코앞에 와 있다고 하는 세상이다. 어찌 보면 우주와 인간은 뫼비우스의 띠처럼 무한히 연결되는 것이 아닌가. 할머니로 인해 손자도 생겨났고 손자에게서 또 다른 우주로 연결되는 삶의 꼬리들을 누가 부정하랴. 질서정연하고 변함없는 우주처럼 사람들은 오늘도 내일도 끊임없이 꿈을 꾸며 지구의 섬처럼 떠다닐 것이다. 녀석이, 소우주가 어느 날 나에게로 왔다. 무한한 기쁨과 환희를 안겨 준 녀석이 신비롭다. 할머니들이 느끼는 소박한 감정이지만 그 무엇과도 비교할 수 없는 소우주, 오늘도 작은 입술로 우주로 갔을 거야 종알대는 녀석이 있어 무한한 행복에 젖어 있다. 우주란 지구를 포함한 물질과 에너지에 관한 모든 질서서계를 뜻한다고 돼 있다. 무한한 시간과 온갖 사물을 포괄하는 공간이기도 하다.

결혼과 동시에 딸과 사위는 아이를 낳지 않는다고 선포를 했다. 나보다도 사돈댁이 아들 부부의 의견을 시원하게 받아 준 것이 존경스럽기까지 하다. 너희 둘의 의견을 존중해 준다는 그야말로 파격적인 이야기를 듣고 우리 부부는 더는 덧붙일 말이 없었다. 딸 부부의 의견에 묵언으로 그러라 했다. 그러던 사위와 딸의 마음이 변해 7년 만에 아기가 생겼다는 소식을 전해 주었다. 뛸 듯이 기뻤지만, 별로 내색은 하지 않았다. 아름다운 별나라를 여행하던, 엄마의 배 속에서 꿈꾸던 아이는 우주라는 삶을 미리 터득했을까. 분만 일을 며칠 앞두고 양수가 미리 나오는 바람에 어려운 분만을 해야 했다. 사위와 딸이 대견하게도 큰일을 치르고 어엿한 어른이 되었다.

사돈댁의 품성이 어느 정도인지 알게 된 사연이 있다. 딸아이 부부가 결혼식을 무사히 마치고 신혼여행을 갔을 때다. 바깥사돈끼리 저녁식사를 했다. 겨우 하루, 이틀 지났건만 신혼여행을 간 아들이 생각나 바깥사돈은 한숨을 못 주무셨다고 했다. 남편도 딸이 안 보고 싶었어도 보고 싶었다고 맞장구를 쳐주어야 했다. 술 한 잔씩 기울이며 아들, 딸이 보금자리를 떠난 서운한 마음을 서로 다독였다. 사위가 좋은 환경 속에서 자란 것 같아 마음이 여러모로 놓였다. 어디 꽃잔디 같은 시간만 있었으랴. 바람 불고 눈보라 치는 날도 있었겠지만 사위는 여러모로 따스운 사람이다.

보석 같은 손자를 보내 주지 않았음, 어쨌을까. 모든 것에 감사하다. 비록 할머니를 용돈 대신 우주로 보내 버렸지만, 지옥으로 안 보낸 것만 해도 어디인가. 우주가 벌써 녀석의 마음속에도 자리 잡고 있는 것 같아 신기할 따름이다. 기억 중에 딸아이 임신했을 때가 나의 인생에 행복했었다고 말할 수 있는 한날 중에 제일로 꼽으라면 꼽을 수 있다. 애정과 관심으로 키웠지만 혼자 자라서인지 딸아이는 늘 애증이 있다. 엄마, 아빠를 바라보는 눈이 항상 곱지만은 않다. 맛있는 음식이 내 자식, 내 새끼 입에 들어가는 것만 봐도 부모는 마냥 행복한 걸 이제는 저도 알겠지만…….

우리는 모두 지구라는 섬에서 그저 그런 일상들을 살아간다. 살아 낸다. 녀석에게 느끼는 사랑이 결국 부질없는지 모르지만, 그렇게 싹둑 잘라서 정색으로 말할 수 있는 사람은 없으리라. 녀석에게 묻는다. "유현이는 어디로 여행하고 싶어?" 붙임말 없이 "우주로 가고 싶은데."라고 답한다…….

피고 지고

처음으로 오래 함께한 데이트였고 마지막 데이트였는지 모른다. 그날 이후 친구의 어머니에게 우리의 행적을 들키기라도 하면 친구 어머니의 반대 목소리가 더욱더 커졌다.

아카시아꽃이 숨 막힐 듯 하얗게 피어 있는 밤길이다. 꽃향기 그늘이 살짝 내려앉은 그 길, 오월의 밤. 그곳엔 직장 친구들하고 종종 찾는 찻집이 강기슭에 오도카니 자리하고 있다. 아카시의 숲길을 지나면 아늑함이 흘러드는 찻집이 금강 물줄기를 끼고 있다. 찻집 가는 길 근처에 그 애의 집도 있다. 한 잔의 차를 마시기 위해 아카시아 꽃향기 그늘 속을 달리던 까마득한 봄날, 친구를 자전거에 태우고 금강 다리를 건너기도 했다. 봄꽃들의 향연이 넘실거리고, 안개 자욱한 오월의 금강변의 향기는 꿈꾸듯 몽환적이었다. 흐르는 강물 위에다 청춘을 실어 속삭이던 아주 먼 옛날, 봄날의 풋풋했던 밤길을 나는 지금도 걷고 있는지도 모른다.

그 애가 책을 내고자 할 때 출판사 사정 때문에 서울에 머물 때다. 서울 어느 숙소에 머물고 있다고 연락을 했다. 백제시대 문화발굴에 공을 쏟은 그 애는 나름의 사회적 역할을 제대로 하고 있었다. 공산성의 만하루挽河樓연지 발굴 작업도, 그 애가 인터뷰하는 것도 보곤 했다. 그 애도 역경을 딛고 삶을 꽃피워 내는구나 마음속으로 응원을 보냈다. 친구와 여럿이 만난 공주의 촌토박이들이 이야기꽃을 피우기도 했다. 아무런 거리낌 없이 옛이야기 주고받던 우리들이었다. 종종 인터넷에서도, 티브이에서도 그 애의 소식을 접하곤 했다.

뜻하지 않은 부고소식을 접했다. 그 애가 더러 생각나면 얼마나 늙었는지, 변한 것은 없는지 인터넷을 접속해 그 애의 소식을 접했다. 그 애는 나를 볼 수 없었지만, 나는 그 애의 소식을 듣곤 했다. 아프다고 말하긴 했다. 심장질환까지 힘들게 해 병수발드는 아내가 안쓰럽다고 아내 얘길, 고맙다고 곧잘 했다. 그래, 나이 드니까, 너도 아프고 나도 아프구나 생각했다. 뜻밖의 부고소식이 낯설었다. 그래, 우리가 짧은, 봄꽃처럼 느닷없이 피고 지는 덧없는 찰나의 삶을 살고 있지만, 너는 네 학문과 지식을 더 많은 제자들에 전수해야 할 사람 아니니? 그 애가 애써 노력한 시간이 안쓰러웠다. 멀리서 속절없는 마음으로 소식을 전했다. 올봄, 어김없이 꽃들이 지천이다. 그 애는 화사하게 꽃 피는 봄날을 제대로 마중도 못 하고 가족 곁을 떠났다. 눅눅하게 청춘을 보내고 있는 나와는 다르게 그 애는 늘 밝은 기운을 냈다. 청춘에 의미 있는 시간을 건너게 한, 우울했던 나와는 다르게 세상을 밝은 미소로 늘 희망을 얘기하던 그 애에게 고맙기도 한 봄비 내리는 밤이다.

겨울밤

소월 시인의 〈부모〉가 생각나게 하는 겨울밤이다. 바람에 흔들리는 나무들의 그림자를 보고 개 짖는 소리만 들릴 뿐, 사위는 숨죽일 듯 고요하다. 고향 친구들하고 골목을 헤집고 다니며 밥 서리, 김치 서리를 할 때이다. 문득 하늘에 눈길이 닿았던 기억을 별을 쥐듯 가슴속에 품고 산다. 달빛은 요사스럽게 빛났고, 허공이었던 시퍼런 하늘은 어린 나에게도 사색에 들게 하는 밤이었다. 형언할 수 없는 야릇한 감정에 빠져 버렸던 고향의 겨울밤을 잊지 못하는 나는 마음속에 별을 품고 있듯, 그 겨울밤이 꿈속처럼 아득하다.

별들이 도글도글 박혀 있던 꿈속과도 같은, 서정적이었던 그 겨울밤 풍경을 가끔은 떠올리며 동화 속의 나라에서 보낸 밤은 아니었는지 착각에 빠질 때가 있다. 잠들지 못하던 부엉새 울고, 산짐승들의 울음소리를 들으며 밤은 깊어 갔다. 정월 대보름날쯤의 밤은 눈 쌓인 초가지붕 위로 얼어붙은 듯 달빛이 쏟아져 내렸다. 청아한 창공은 쌀쌀맞은 듯 도도하기도 했다. 눈 내린 마을의 밤은 은빛으로 출렁댔다.

가을 들녘을 지나 동지의 밤은 아슴아슴 온다. 일 년 중 가장 손꼽아 기다리는 명절인 설도 뒤따라온다. 설이 다가올 즘 할머니, 어머니의 발걸음이 잰걸음이 된다. 놋그릇인 제수 그릇이 광 속에 갇혀 잠을 자다 마당에 나와 세수를 하기 시작하면서 설은 시작되는 것 같다. 짚으로 수세미를 만들어 윤이 나도록 닦아 내야 놋그릇도 제 얼굴을 뽐내듯 말끔해진 모습으로 설을 기다린다. 설 대목에는 뻥튀기 장수도 한몫을 챙기는 때이다. 마음이 들뜬 것은 어린이들뿐 아니었다. 줄지어 서 있는 손님들 때문인지 뻥튀기 장수도 얼굴이 상기돼 '뻥뻥' 터지는 소리를 즐기는 듯하다. 설은 이렇게 요란한 소리로도 다가왔다.

설날이 지나 보름 되기까지는 마을은 한가로웠고 넉넉한 모습이었다. 낮에는 남자 어른들이 멍석을 깔아 놓고 윷놀이 장을 펼친다. 간혹 딴죽을 부리는 어른들이 있었지만 누가 이기고, 진들 어떠랴. 윷판은 질펀하고 도, 개, 걸, 윷의 말판이 저절로 돌아가고 있는 것을. 우리들도 어른 흉내를 내며 윷도 놀고 밥 서리를 해 가며 일 년 중 가장 깊고, 긴 겨울밤을 보내곤 했다.

밤 깊어지면 어머니들의 세상이 온다. 아랫집, 윗집 돌아가면서 윷놀이를 한다. 밤이 새는 줄 모르고 한시름 놓고 농사짓는 고단함을 설 그때쯤 겨울밤이 놓아 주었다. 어린 우리들도 밥과 김치 서리를 해 우리 나름의 정월을 보내곤 했다. 어른들 누구 하나 우리를 탓하지 않았다. 배가 불러 나른해질 무렵 남자애들은 여장을 하고, 여자애들은 남장을 해 보자기를 뒤집어쓴 우스꽝스런 모습으로 어머니들을 기습 방문해 공연 아닌 공연을 했다. 답으로 평소와는 사뭇 다른 모습의 이웃 아주머니의 간드러진 〈섬마을 선생님〉 노래도 듣게 되었다.

정월 보름달이 피어오를 때까지 세시 명절은 그렇게 이어졌던 것 같다. 사물놀이 패가 동네를 한 바퀴 신명 나게 돌고 나면 마을의 안녕을 기원하는 축제 마당이 벌어진다. 이때 꽹과리를 두드리는 상쇠 아저씨의 솜씨가 빛났다. 흥에 겨운 사물놀이 패는 마을 곳곳 골목을 두드린다. 흥이 난 어른들이나 아이들은 덩실덩실 춤을 춘다. 아이들은 사물놀이 패와 어른들 꽁무니를 쫓아다니기 바빴다. 돌무에 이은 색색의 기다란 헝겊처럼 설날은 신이 나고 즐거운 명절이었다. 동네 모든 사람들이 한식구가 될 때가 바로 그때이지 싶다.

어른들은 서로가 서로에게 장단을 맞추어 한마음이 됐고, 어린 우리들에게는 잠 설치며 손꼽아 기다리게도 하고, 설레는 마음을 안겨 주던 설날이었다. 설의 들뜬 분위기는 입춘대길이라는 글이 기와집 아저씨네 큰 대문에 붙여지고 나서도 한참 이어졌던 것 같다. 어른들은 이미 겨울밤에 새봄을 맞을 준비를 하고 있었다. 들판을 지나 동산을 넘어오는 봄의 소식을 마중하는, 자연과 합일하는 겸손한 조상들의 지혜를 엿볼 수 있다. 상서로운 기운이 온 동네에 퍼지는 듯하다. 겨울밤 밥 서리를 하던 친구들도 이젠 골목대장도 없이 자신들의 삶을 반추하는 나이가 되어 스스로 묻고 있지 않을까. 시든 세월 붙잡고 앙앙불락하는 덜떨어진 놈처럼* 쩨쩨하게 굴지 말라고. 각자의 길에서 또다시 올 사계절의 끝을 별을 품은 마음으로 견디어 보자고 말을 던진다. 어린, 겨울밤에 보았던 밤하늘의 별과 달은 지금도 그대로일 것이다.

* 이동희 시인의 〈덜 떨어진 놈〉 중에서

종심

초판 1쇄 발행 2024년 3월 3일

지은이 원수연
펴낸이 이기봉
편집 좋은땅 편집팀
펴낸곳 도서출판 좋은땅
주소 서울특별시 마포구 양화로12길 26 지월드빌딩 (서교동 395-7)
전화 02)374-8616~7
팩스 02)374-8614
이메일 gworldbook@naver.com
홈페이지 www.g-world.co.kr

ISBN 979-11-388-2834-5 (03810)

* 예술인 복지재단 수혜